피노키오의 모험

세계교양전집 48

피노키오의 모험

카를로 콜로디 지음 | 찰스 코플랜드 그림
박영민 옮김

올리버

카를로 콜로디 Carlo Collodi

· 차례 ·

CHAPTER 01. 아이처럼 웃고 우는 나무토막 7

CHAPTER 02. 제페토 할아버지에게 넘어온 나무토막 13

CHAPTER 03. 마리오네트의 이름은 피노키오 19

CHAPTER 04. 피노키오를 꾸짖는 말하는 귀뚜라미 29

CHAPTER 05. 날아가 버린 병아리 34

CHAPTER 06. 발이 재가 되어 버린 피노키오 38

CHAPTER 07. 피노키오에게 자신의 아침밥을 주는 제페토 할아버지 42

CHAPTER 08. 피노키오에게 다시 생긴 발, 그리고 공부할 책 50

CHAPTER 09. 인형극을 보기 위해 책을 파는 피노키오 56

CHAPTER 10. 마리오네트 형제를 만난 피노키오, 그리고 죽음의 위기 61

CHAPTER 11. 재채기를 하고 피노키오를 용서하는 극장 주인 66

CHAPTER 12. 다섯 개의 금화를 선물로 받은 피노키오 72

CHAPTER 13. 붉은 가재의 여관 81

CHAPTER 14. 도둑을 만나는 피노키오 88

CHAPTER 15. 커다란 떡갈나무에 매달린 피노키오 95

CHAPTER 16. 피노키오를 구한 파란 머리의 요정 100

CHAPTER 17. 거짓말을 하면 코가 길어지는 피노키오   107

CHAPTER 18. 금화를 심으러 경이로운 들판으로   116

CHAPTER 19. 금화도 빼앗기고, 감옥에 갇히는 피노키오   125

CHAPTER 20. 요정의 집으로 돌아가려는 피노키오   131

CHAPTER 21. 닭장을 지키는 피노키오   136

CHAPTER 22. 족제비를 잡아 닭을 지킨 피노키오   140

CHAPTER 23. 바닷가로 간 피노키오   146

CHAPTER 24. 다시 요정을 만난 피노키오   156

CHAPTER 25. 요정에게 착하게 살겠다고 약속하는 피노키오   166

CHAPTER 26. 무시무시한 바다 괴물을 보러 바닷가로 출발   172

CHAPTER 27. 경찰관에게 붙잡혀가는 피노키오   178

CHAPTER 28. 프라이팬에 튀겨질 위험에 처한 피노키오   189

CHAPTER 29. 요정의 집으로 돌아온 피노키오   197

CHAPTER 30. 램프 심지와 장난감 나라로 가는 피노키오   209

CHAPTER 31. 장난감 나라의 피노키오   218

CHAPTER 32. 당나귀가 된 피노키오   229

CHAPTER 33. 서커스 훈련을 받는 피노키오   239

CHAPTER 34. 바다 괴물에게 잡아먹힌 피노키오   253

CHAPTER 35. 바다 괴물 몸속에서 아빠를 만난 피노키오   265

CHAPTER 36. 마침내 진짜 소년이 된 피노키오   274

작가 연보   291

CHAPTER 01
아이처럼 웃고 우는 나무토막

목수인 체리 할아버지는 아이처럼 울고 웃는 나무토막을 어떻게 만나게 되었을까요?

옛날 옛날에 누가 살았는가 하면……
"임금님이요!"
나의 어린 독자들은 바로 이렇게 말했을 것입니다.
아니요, 나의 어린 여러분은 틀렸답니다. 옛날 옛적에 나무토막 하나가 있었습니다. 그것은 값비싼 나무토막이 아니었습니다. 정말 그와는 거리가 멀었습니다. 겨울철 차가운 방을 아늑하고 따뜻하게 만들기 위해 난로와 벽난로에 넣어 불을 지피는 단순히 두꺼운 땔감용 그런 나무토막에 불과했습니다.
이 일이 어떻게 발생했는지는 알 수 없으나, 한 가지 사실은 이

나무토막이 어느 날 한 늙은 목수의 가게에 오게 되었다는 것입니다. 그 목수의 이름은 안토니오였으며, 모든 사람들은 그가 코끝이 둥글고 빨갛고 반짝거려 마치 잘 익은 체리와 같았다 하여 그를 체리 할아버지라고 불렀습니다.

그 나무토막을 보자마자 체리 할아버지는 너무 기뻤습니다. 그래서 손을 마주대고 비비면서 행복하게 낮은 목소리로 중얼거렸습니다.

"이건 때마침 딱 적당한 때에 왔네. 이걸로 탁자 다리를 만들면 되겠군."

체리 할아버지는 나무의 껍질을 벗기고 탁자의 다리 형태를 잡기 위해 빠르게 도끼를 움켜잡았습니다. 하지만 처음으로 도끼를 내리치려는 찰나, 체리 할아버지는 팔을 들어 올린 채로 멈춰

서고 말았습니다.

왜냐하면 간절한 말투로 아주 작고 자그마한 목소리를 들었기 때문입니다.

"조심해 주세요! 너무 세게 내리치지 말아주세요!"

착한 체리 할아버지의 얼굴에 놀란 표정이 얼마나 가득했는지! 그의 우스꽝스러운 얼굴이 더욱더 우스꽝스러워 보일 정도였습니다.

체리 할아버지는 불안해하며 두려운 눈으로 방안을 이리저리 둘러보며 그 작은 목소리가 어디에서 났는지를 알아내려 애썼지만 아무도 보이지 않았습니다! 작업대 아래도 살펴보았으나 역시 아무도 없었습니다! 항상 굳게 닫혀 있던 옷장 안을 열어 보았으나 여기에도 아무도 없었습니다! 대팻밥과 톱밥을 모아두는 바구니도 뒤져보았지만 아무도 없었습니다! 가게 문을 열고 거리로 나가 좌우로 살펴보았지만 여전히 아무도 없었습니다!

"아, 알겠다!"

체리 할아버지는 웃으면서 머리 위에 덮어 쓴 가발을 긁적이면서 말했습니다.

"내가 그 작은 목소리를 들었다고 착각한 게지! 자, 이제 일이나 다시 시작하자."

체리 할아버지는 다시 도끼를 집어 들고 그 나무토막을 매우 강하게 내리찍었습니다.

"아, 아야! 아파!"

멀리서 아까와 똑같은 작은 목소리가 울며 소리쳤습니다.

체리 할아버지는 말문이 막히고, 너무 무서워서 두 눈이 얼굴에서 튀어나오고, 입이 크게 떡 벌어지고, 혀가 턱밑까지 쭉 빠져나왔습니다.

체리 할아버지가 다시 정신을 차리고 두려움에 사로잡혀 떨리는 목소리로 더듬거리며 말했습니다.

"'아야!' 소리가 틀림없이 들렸는데……, 주변에 아무도 없는데 도대체 그 목소리는 어디서 난거지? 설마 이 나무토막이 어린아이처럼 울고 눈물 흘리는 걸 배웠던 걸까? 믿을 수 없어. 이 나무토막은 다른 장작 나무와 마찬가지로 완두콩 삶을 물이나 끓일 수 있는 난로의 불을 피울 때 사용하기 좋은 땔감용 장작일 뿐이잖아. 그렇지만, 혹시 누군가가 그 안에 숨어 있기라도 한 걸까? 그렇다면 자기만 손해인 게지. 내가 본때를 보여주지!"

체리 할아버지는 그렇게 말하면서 두 손으로 나무토막을 움켜잡고 가차 없이 내리치기 시작했습니다. 체리 할아버지는 나무토막을 바닥에 던지고 방의 벽에 부딪히게 하였으며, 심지어 천장 위로도 던졌습니다.

체리 할아버지는 작고 애처로운 목소리로 신음하며 울기를 기다렸습니다. 거의 2분 동안이나 기다렸습니다. 그런데 아무 소리도 들리지 않았습니다. 5분을 더 기다려도, 아니 10분 동안이나 더 기다려봤지만, 아무 소리도 들을 수 없었습니다.

"아, 이제 알겠군."

체리 할아버지는 말하면서 억지웃음을 지어보이고는 손으로 가발을 긁적거렸습니다.

"그래, '아야!'라는 들은 것 같은 작은 목소리는 아무래도 내가 착각한 것이 분명하군! 자, 다시 하던 일이나 하자!"

그러나 체리 할아버지는 무서운 생각이 들어서 반쯤 죽을 지경이었기에 용기를 내기 위해 명랑한 노래를 흥얼거리며 부르려고 했습니다.

체리 할아버지는 도끼를 내려놓은 다음에 그 나무토막을 매끄럽고 고르게 다듬기 위해 대패를 집어 들었습니다. 대패로 나무토막 위를 앞뒤로 움직이자 또다시 아까와 같은 목소리가 미세하게 들렸습니다. 이번에는 그 어린 목소리가 말하면서 낄낄거리며 웃었습니다.

"그만하세요! 아, 그만하세요! 하하하! 제 배가 너무 간지럽잖아요!"

이번에는 가엾은 체리 할아버지는 벼락을 맞은 사람처럼 벌러덩 나자빠지고 말았습니다. 그리고 다시 눈을 떴을 때, 그는 바닥

에 멍하니 앉아 있는 자신을 발견하였습니다.

  체리 할아버지는 공포에 질려 새빨갛던 그의 코끝조차 새파랗게 바뀌었으며, 얼굴은 전혀 다른 사람처럼 변해 있었습니다.

CHAPTER 02
제페토 할아버지에게 넘어온 나무토막

체리 할아버지는 나무토막을 친구인 제페토 할아버지에게 주고, 제페토 할아버지는 그 나무토막을 사용하여 춤추고, 검술을 하고, 공중제비도 할 수 있는 마리오네트(팔·다리·머리에 줄을 매달아 움직이는 인형)를 만들 생각입니다.

바로 그 순간, 문에서 누군가 문을 두드리는 소리가 났습니다.
"들어오세요."
체리 할아버지는 다시 일어설 기운이 전혀 남아있지 않아서 앉은 있는 채로 말했습니다.
그 말이 떨어지자 문이 열리고, 멋진 복장의 활발해 보이는 할아버지 한 분이 들어왔습니다. 그의 이름은 제페토였습니다. 하지만 동네의 아이들은 그가 항상 옥수수 가루로 만든 죽과 너무도 비슷한 색깔의 가발을 쓰고 있었기 때문에 '옥수수 죽'이라고 놀려대곤 했습니다.

제페토 할아버지는 성질이 매우 변덕스러워서, 그를 '옥수수 죽'이라고 불렀던 자에게는 날벼락이 떨어졌습니다! 제페토 할아버지는 그 순간 성난 짐승처럼 날뛰었으며, 아무도 그를 말릴 재간이 없었습니다.

"날씨가 아주 좋군, 안토니오. 바닥에 앉아서 뭘 하고 있는 겐가?"

제페토 할아버지가 물었습니다.

"개미들에게 글자를 가르치고 있네."

"잘 해 보게나!"

"그런데 여긴 어떻게 온 건가, 제페토?"

"어떻게 오긴, 내 두 다리로 걸어서 왔지. 이보게, 안토니오, 사실 자네에게 한 가지 부탁할 게 있는데 말이야……."

"말해보게나, 듣고 있네."

체리 할아버지가 대답하며 무릎을 딛고 일어서며 말했습니다.

"오늘 아침에 내 머릿속에서 기발한 생각이 떠올랐다네."

"어디 한 번 들어보세."

"나무로 마리오네트를 만들 생각을 하고 있네. 내가 만든 마리오네트는 아주 멋질 것이네. 춤도 추고, 칼싸움도 하고, 공중제비도 돌 수 있다네. 나는 이 마리오네트와 함께 이 세상 여기저기를 돌아다니면서 빵 한 조각과 포도주 한 잔 값이라도 벌 생각이네.

내 생각이 어떤가?"

"좋아요, 옥수수 죽!"

좀 전에 나무토막에서 나온 듯한 아까 그 작은 목소리가 외쳤습니다.

옥수수 죽이라는 소리를 듣고 제페토 할아버지는 빨간 고추 색깔처럼 얼굴이 새빨갛게 붉어지면서, 체리 할아버지에게 화난 목소리로 말했습니다.

"왜 나를 놀리고 그래?"

"누가 자넬 놀린다고 그래?

"방금 자네가 나를 옥수수 죽이라고 부르지 않았나?"

"난 아닐세."

"아니, 그럼 내가 그랬다는 겐가? 분명히 자네가 그랬어!"

"아니라니까!"

"맞다니까!"

"아니라니까!"

"맞다니까!"

그리고는 점점 더 목소리가 커지면서 말싸움에서 비롯된 것이 결국 몸싸움으로까지 번지고 말았습니다. 결국 두 사람은 상대방의 머리카락을 움켜쥐고 서로를 할퀴고 물고 치고받고 때리기를 시작했습니다.

한바탕 시끄럽게 싸움을 벌이고 나자, 체리 할아버지의 손에는 제페토 할아버지의 노란 가발이 쥐어져 있었고, 제페토 할아버지의 입에서는 체리 할아버지의 희끗희끗한 곱슬머리 가발이 물려 있었습니다.

"내 가발 이리 내!"

체리 할아버지가 불만스러운 목소리로 소리쳤습니다.

"자네도 내 가발 돌려주게, 그리고 우리 그만 화해하세!"

이제 두 할아버지는 각각 자신들의 가발을 돌려받아 머리 위에 쓰고, 서로 악수하며 평생 좋은 친구가 되기로 맹세했습니다.

"그런데, 제페토, 나에게 부탁하려던 게 무엇인가?"

평안을 되찾게 되자, 체리 할아버지가 말했습니다.

"마리오네트를 만들기 위해 나무토막 하나가 필요한데, 나에게 줄 수 있겠나?"

체리 할아버지는 매우 기쁜 마음으로 즉시 자신의 작업대로 가서 자신을 그렇게 두려움에 떨게 했던 나무토막을 가져왔습니다.

그런데 제페토 할아버지에게 주려던 순간, 그 나무토막은 부르르 떨더니 체리 할아버지의 손에서 미끄러져 나가서는 가엾은 제페토 할아버지의 깡마른 정강이를 '탁!'하고 힘껏 후려치는 게 아닌가!

"아! 안토니오, 이게 자네가 내게 선물을 주는 방식인가? 자네 덕분에 난 절름발이가 될 뻔했네!"

"맹세코, 내가 그렇게 한 게 아닐세!"

"물론 내가 했단 거겠지!"

"모두 이 나무토막 때문이야."

"자네 말이 맞네. 그렇지만 내 다리에 그것을 던진 건 자네 아닌가?"

"믿어주게, 난 그 나무토막을 던지지 않았어!"

"거짓말쟁이!"

"제페토, 날 너무 화나게 하지 말아주게. 그렇지 않으면 자넬 옥수수 죽이라고 부를 거야!"

"바보!"

"옥수수 죽!"

"멍청이!"

"옥수수 죽!"

"보기 싫은 멍청이!"

"옥수수 죽!"

'옥수수 죽'이라는 이름이 세 번째 들려오자, 제페토 할아버지는 화기 치밀어 올라 분노하여 날뛰며 체리 할아버지에게 덤벼들었습니다. 그 자리에서 그들은 또다시 서로에게 강한 주먹다짐을 하고 말았습니다.

싸움이 어느 정도 진정되자 체리 할아버지는 그의 코에 두 개의 긁힌 자국이 생겼고, 제페토 할아버지는 그의 코트에서 두 개의 단추가 떨어져 나갔습니다. 그렇게 두 할아버지들의 싸움은 무승부로 끝났고, 그들은 서로 악수를 하고 평생 좋은 친구가 되자고 맹세하였습니다.

마침내 제페토 할아버지는 소리를 내는 나무토막을 가져가고, 체리 할아버지에게 고맙다는 인사를 한 뒤, 집으로 다리를 절룩거리면서 돌아갔습니다.

CHAPTER 03
마리오네트의 이름은 피노키오

제페토 할아버지는 집에 도착하자마자, 마리오네트를 만들어 피노키오라고 이름을 지어줍니다. 피노키오는 말썽을 부리기 시작합니다.

제페토 할아버지의 집은 작았지만 깔끔하고 아늑했습니다. 1층에 있는 작은 방으로, 계단 아래에 있는 작은 창문으로 빛이 들어오고 있었습니다. 가구는 매우 단순하고 보잘 것이 없었습니다. 아주 오래된 낡은 의자 하나, 삐걱거리는 오래된 낡은 침대 하나, 그리고 거의 망가진 탁자 하나뿐이었습니다. 방의 안쪽 벽에는 문 맞은편에 장작이 타오르는 벽난로가 그려져 있었습니다. 그 벽난로 위에는 무엇인가 끓고 있는 냄비가 그려져 있었고, 그 냄비에는 즐겁게 보글보글 끓어오르며 수증기처럼 보이는 김을 내뿜고 있었습니다. 마치 진짜보다 더 진짜처럼 말입니다.

집에 도착하자마자 제페토 할아버지는 곧바로 도구를 집어 들고 나무토막을 깎아 마리오네트를 만들기 위해서 자르고 다듬기 시작했습니다.

"마리오네트의 이름을 뭐라고 지어줄까?"

제페토 할아버지는 혼잣말로 중얼거렸습니다.

"그래 피노키오라고 불러야겠다. 이 이름이 그의 행운을 가져다줄 거야. 한때 피노키라는 이름의 가족을 알았었지. 아버지는 피노키오, 어머니는 피노키아, 그리고 아이들은 피노키들이었어. 그들은 모두 행복한 가족이었지. 그들 중 가장 형편이 좋았던 사람이 생계를 위해 구걸을 해야 했지만……."

마리오네트의 이름을 지어준 후, 제페토 할아버지는 진지하게 일을 하기 시작했습니다. 금방 머리카락, 이마, 눈을 만들어냈습니다.

그런데 눈을 만들어주자마자 이 눈이 이리저리 움직이면서 제페토 할아버지를 뚫어지게 쳐다보는 것이 아닌가! 여러분도 상상해 보십시오. 이를 본 제페토 할아버지가 얼마나 놀랐는지를……. 이를 본 제페토 할아버지는 기분이 나빠져서 성난 목소리로 말했습니다.

"못생긴 나무눈아, 왜 날 그렇게 뚫어져라 쳐다보는 거냐?"

하지만 아무런 응답이 없었습니다.

눈을 만든 다음으로, 제페토 할아버지는 코를 만들었습니다. 코가 완성되자마자 길게 늘어나기 시작했습니다. 그것은 계속해서 늘어나고 늘어나다가 결국 끝이 없는 것처럼 보일 정도로 엄청나게 긴 코가 되었습니다.

가엾은 제페토 할아버지는 길어진 코를 계속 자르고 잘랐지만, 자르면 자를수록 그 건방진 코는 더욱 길어졌습니다. 자포자기한 제페토 할아버지는 그냥 내버려 두었습니다.

그 다음으로는 입을 만들어 주었습니다. 다 만들기도 전에, 그 입은 제페토 할아버지를 비웃고 조롱하기 시작했습니다.

"웃는 것은 그만!"

제페토 할아버지가 화가 나서 소리쳤지만, 마치 벽에 대고 이야기하는 것 같았습니다.

"다시 한 번 말하는데, 웃음을 멈춰!"

제페토 할아버지가 천둥처럼 버럭 소리를 지르면서 외쳤습니다. 그제야 입은 더 이상 웃지 않았지만, 긴 혀를 내밀면서 날름거렸습니다.

더 이상 언쟁을 하고 싶지 않았던 제페토 할아버지는 아무것도 보지 못한 척하며 일을 계속했습니다. 입을 만든 다음에, 턱을 만들고, 목, 어깨, 배, 팔, 그리고 손을 만들었습니다.

제페토 할아버지가 피노키오의 손을 만들자마자, 자신의 가발이 머리에서 벗겨져 나가는 걸 느꼈습니다. 제페토 할아버지가 위를 쳐다보자, 세상에! 그의 노란색 가발이 피노키오의 손에 쥐어져 있었습니다!

"피노키오, 내 가발을 이리 내!"

하지만 피노키오는 할아버지의 가발을 돌려주기는커녕, 그것을 자신의 머리에 뒤집어썼습니다. 피노키오의 얼굴은 반쯤 가발

에 파묻혀 있었습니다.

예기치 못한 피노키오의 버릇없는 놀림에 제페토 할아버지는 매우 슬프고 우울해졌습니다. 지금까지 살아오는 동안에 이렇게 슬프고 우울했던 적은 없었습니다.

제페토 할아버지는 피노키오 쪽으로 몸을 돌리며 말했습니다.

"피노키오, 이런 말썽꾸러기 같으니라고! 너는 아직 다 만들어지지도 않았는데, 벌써부터 불쌍한 늙은 아빠에게 이렇게 버릇없게 굴다니. 이 녀석아, 그러면 못써!"

그리고 제페토 할아버지는 눈물을 닦았습니다.

아직 다리와 발이 만들어지지 않았습니다. 제페토 할아버지가 피노키오의 다리와 발을 만들자마자 피노키오는 제페토 할아버지의 콧잔등에 발길질을 했습니다.

제페토 할아버지는 혼잣말로 중얼거렸습니다.

"다 내 잘못이야! 내가 피노키오를 만들기 전에 좀 더 신중하게 생각했어야 했는데, 이제는 너무 늦어버렸어!"

제페토 할아버지는 피노키오를 안아서 바닥에 놓아 걸음마를 가르치려고 했습니다.

피노키오는 다리에 감각이 없고 너무 뻣뻣해서 움직일 수가 없었기 때문에, 제페토 할아버지는 피노키오의 손을 잡고 한 발씩 한발 씩 내딛는 법을 가르쳐주었습니다.

다리에 감각이 생겨 부드러워지자, 피노키오는 혼자서 걷기 시작하더니, 어느 새 방 안을 이리저리 뛰어다녔습니다. 그러다가 피노키오가 열려져 있는 문틈을 보고, 한 번의 점프로 길거리로 나서는 것이었습니다. 그리고는 어디론가 도망쳐 버렸습니다!

가엾은 제페토 할아버지는 피노키오를 쫓아갔지만, 산토끼처럼 껑충껑충 뛰어오르는 개구쟁이 피노키오를 도저히 붙잡을 수가 없었습니다. 나무로 만든 피노키오의 두 발이 거리의 돌바닥을 뛰어오르며 부딪치는 소리는 마치 나무 신발을 신은 열 명의 농부가 뛰는 것처럼 엄청 요란했습니다.

"저 녀석 잡아라! 저 녀석 잡아라!"

제페토 할아버지는 계속 고함을 질렀습니다. 그러나 경주마가 달리는 것처럼 달리는 나무 마리오네트를 본 길거리에 있던 사람들은 멈춰 서서 멍하니 쳐다보다가 깔깔거리며 웃기만 했습니다. 마치 생각지도 못한 나무 마리오네트의 모습에 눈물이 날 정도로 웃고 또 웃었습니다.

　마침내, 순전히 운이 좋게도, 한 경찰관이 지나가게 되었습니다. 이 경찰관은 이 모든 요란한 소리를 듣고는 그것이 일하기 싫어서 도망친 노새일거라고 확신하며, 팔다리를 벌리고 거리 한 가운데에 용감하게 우뚝 섰습니다. 이 경찰관은 노새를 막아 세워, 더 큰 불상사를 예방해야겠다는 생각뿐이었습니다.

　멀리서 경찰관의 막아서는 행동을 지켜본 피노키오는 경찰관의 다리 사이로 쏙 빠져나가려고 시도했지만 생각만큼 쉬운 일은 아니었습니다.

　길을 막아 선 경찰관은 피노키오의 코를 움켜 잡아끌었습니다(그 코는 매우 길어서, 움켜잡기에 편리하도록 만들어진 것처럼 보였습니다). 그리고 피노키오를 제페토 할아버지에게 되돌려주었습니다.

　제페토 할아버지는 피노키오의 버릇을 고쳐주려고 귀를 잡아

당기려고 했습니다. 그러나 피노키오의 귀를 찾으려고 했을 때, 아뿔싸! 제페토 할아버지는 피노키오의 귀를 만드는 것을 깜박 잊어버렸다는 사실을 깨달았습니다. 여러분도 제페토 할아버지의 지금의 심정을 생각해 보십시오!

제페토 할아버지가 할 수 있는 일은 피노키오의 목덜미를 붙잡고 집으로 데려가는 것뿐이었습니다. 집으로 돌아가는 동안 제페토 할아버지는 피노키오의 목덜미를 붙잡고 머리를 두세 번 세차게 흔들며 화가 나서 말했습니다.

"일단 집으로 가자. 집에 돌아가서 이 문제를 따져보자꾸나!"

이 말을 듣고 겁먹은 피노키오는 땅바닥에 벌렁 드러누워 더 이상 한 걸음도 더 내딛지 못하겠다고 고집을 피웠습니다.

한 사람, 또 한 사람 눈 깜짝할 사이에 호기심에 찬 사람들과 할 일 없는 사람들이 이 둘 주위에 잔뜩 모여들었습니다.

그리고는 저마다 한 가지씩 말을 했습니다.

"가엾은 마리오네트,"

한 남자가 외쳤습니다.

"마리오네트가 집에 가고 싶어 하지 않는 것도 당연하지. 제페토 영감이 얼마나 그를 심하게 두들겨 팰지 누가 알겠어!"

"제페토 영감은 좋은 사람 같은데……."

또 다른 사람이 덧붙였습니다.

"하지만 아이들에게는 정말 폭군이나 다름없지. 만약 우리가 가엾은 마리오네트를 그의 손에 맡긴다면 그는 마리오네트를 산

산조각 낼게 뻔해!"

사람들이 얼마나 말도 많고 참견도 많이 했는지 경찰관은 결국 피노키오를 놓아주고 가엾은 제페토 할아버지를 감옥으로 끌고 갔습니다.

제페토 할아버지는 아무 말도 못하고 그저 송아지처럼 울기만 했습니다.

그리고 결국 제페토 할아버지는 감옥에 질질 끌려가면서 울먹이면서 중얼거렸습니다.

"배은망덕한 녀석 같으니라고! 내가 얼마나 착한 마리오네트를 만들기 위해 얼마나 열심히 애를 썼는데! 내가 이런 대접을 받을 줄은 꿈에도 몰랐네! 이런 일에 대해 좀 더 깊이 생각했어야 했는데……."

그 뒤에 일어난 일은 거의 믿기 힘든 이야기지만, 여러분은 다음 장들에서 그 이야기들을 들을 수 있을 겁니다.

CHAPTER 04
피노키오를 꾸짖는 말하는 귀뚜라미

피노키오와 말하는 귀뚜라미의 이야기는 나쁜 아이들은 자신보다 더 많은 지식을 가진 사람에게 교훈을 받는 것을 싫어한다는 것을 보여 줍니다.

가엾고 늙은 제페토 할아버지가 아무 잘못도 없는데 감옥에 끌려가는 사이에 말썽꾸러기 피노키오는 이제 경찰관의 손아귀에서 자유로워지자 빨리 집에 돌아가고 싶은 마음에 들판과 초원을 내달리며 집으로 향하는 여러 지름길을 지나고 있었습니다. 피노키오는 마치 사냥꾼에게 쫓기는 새끼 산양이나 새끼 산토끼처럼 낭떠러지와 가시덤불 울타리 그리고 개울과 연못을 건너뛰었습니다.

피노키오가 집에 도착했을 때, 길 쪽으로 난 문이 반쯤 열려 있었습니다. 피노키오는 문을 밀고 방으로 살금살금 들어가 빗장을 잠그고 바닥에 털썩 주저앉았습니다. 탈출에 대한 기쁨이 넘쳤습니다.

하지만 피노키오의 기쁨도 잠시뿐이었습니다. 바로 그때 누군가가 방 안에서 이런 소리를 냈습니다.

"귀뚤 귀뚤 귀뚤!"

"누가 나를 부르는 거지?"

피노키오는 잔뜩 겁먹은 목소리로 말했습니다.

"나야!"

피노키오가 돌아서자 커다란 귀뚜라미 한 마리가 천천히 벽을 기어오르는 것을 보았습니다.

"말해봐, 귀뚜라미야, 너는 누구야?"

"나는 말하는 귀뚜라미야. 백년도 넘게 이 방에서 살고 있지."

"미안하지만 오늘부터 이 방은 내 거야. 그리고 날 기쁘게 해주고 싶다면 지금 당장 나가! 뒤도 돌아보지 마."
피노키오가 말했습니다.
"떠날 때 떠나더라도 너에게 커다란 진실을 하나 말해주고 가겠어."
말하는 귀뚜라미가 대답했습니다.
"그럼, 빨리 말하고 꺼져!"
"자기 부모의 말을 듣지 않고 제멋대로 집을 뛰쳐나가는 아이들은 벌을 받는다고! 그 아이들은 이 세상에서 결코 행복할 수 없고, 언젠가 나이가 들게 되면 가슴을 치며 몹시 후회하게 될 거야."

"네네, 귀뚜라미야, 마음껏 지껄여봐. 나는 내일 새벽에 이곳을 영원히 떠날 거야. 내가 여기 계속 있게 된다면 다른 모든 아이들이 겪는 것과 똑같은 일이 내게도 일어날 것이기 때문이야. 아이들은 학교에도 가야하고, 원하든 원하지 않던 공부도 해야 해. 하지만 난, 솔직히, 공부하는 게 너무 싫어! 차라리 나비를 잡으러 쫓아다니고, 나무에 올라 새 둥지에 있는 아기 새를 훔치는 게 공부하는 것보다는 훨씬 더 재미있거든."

"불쌍한 녀석아! 그렇게 살면 나중에 커서 멍청이가 되서 너는 모두의 웃음거리가 될 거라는 걸 몰라서 그래?"

"입 닥쳐, 재수 없는 귀뚜라미야!"

피노키오가 소리쳤습니다. 그러나 피노키오의 버릇없는 행동에 대해 화를 내기는커녕, 참을성이 많고 생각이 깊은 귀뚜라미는 오히려 이전처럼 차분한 투로 말을 이어갔습니다.

"학교 가는 게 싫다면 적어도 일 하나 정도는 배워야 하지 않겠니? 그래야 빵 한 조각이라도 정직하게 벌어서 살아갈 수 있지 않겠니?"

"뭐 좀 말해 줄까?"

인내심을 점점 잃기 시작한 피노키오가 말했습니다.

"세상의 모든 일 중에서 내게 딱 맞는 일은 단 하나뿐이야."

"그게 도대체 어떤 일인데?"

"먹고, 마시고, 자고, 노는 거. 아침부터 저녁까지 하루 종일 여기저기 싸돌아다니는 거야!"

"피노키오, 네 자신에게 도움이 되는 말을 해줄게. 새겨들어."

말하는 귀뚜라미가 차분한 목소리로 말했습니다.

"그런 식으로 살다가는 결국 병원이나 감옥에서 인생을 마감하게 될 거야."

"조심해, 재수 없는 귀뚜라미야! 날 더 이상 화나게 하면 후회하게 될 거야!"

"가엾은 피노키오, 정말 안쓰러워 죽겠네."

"왜 내가 뭐가 안쓰러워?"

"넌 마리오네트고, 더군다나 네 머리는 나무로 만들어졌어."

이 마지막 말을 들은 피노키오는 화가 나서 벌떡 일어나, 탁자에 있는 나무망치를 집어 들고 귀뚜라미에게 냅다 던졌습니다.

피노키오는 설마 귀뚜라미가 나무망치에 맞을 거라고는 생각지도 못했습니다. 하지만 불행하게도, 피노키오가 던진 나무망치는 귀뚜라미의 머리를 정확히 맞았습니다.

마지막으로 약하게 '귀뚤-귀뚤-귀뚤!' 소리를 내더니 가엾은 귀뚜라미는 뻣뻣하게 굳은 채 벽에 달라붙어 죽고 말았습니다!

CHAPTER 05
날아가 버린 병아리

피노키오는 배가 너무 고파서 달걀 프라이를 해 먹으려고 합니다. 달걀을 깨자마자, 튀어 나온 병아리가 창밖으로 날아가 버립니다.

귀뚜라미의 죽음이 피노키오를 겁먹게 했지만, 그건 아주 잠깐일 뿐이었습니다. 어느 새 밤이 되자, 피노키오의 배 속에서 '꼬르륵' 소리가 들렸습니다. 이 소리는 뭔가 먹고 싶을 때 나는 소리와 비슷했으며, 피노키오는 아직 아무것도 먹지 않았다는 것을 깨달았습니다.

아이들의 식욕이 금세 도는 것처럼, 피노키오도 잠시 후 공허한 느낌의 식욕은 배고픔으로 바뀌었고, 배고픔은 점점 더 커져서 눈 깜짝할 사이에 굶주린 늑대처럼 엄청난 배고픔에 어쩔 줄 모를 지경이었습니다.

가엾은 피노키오는 뭔가 보글보글 끓고 있는 냄비가 있는 벽난로로 달려가 손을 뻗어 뚜껑을 열어보려고 했지만, 놀랍게도 냄비는 벽에 그려진 그림일 뿐이었습니다! 그 때의 피노키오의 기분이 어땠을지 생각해 보세요! 이미 길어진 피노키오의 코가 적어도 손가락 네 마디만큼이나 더 길어져서 5cm 이상은 더 길어진 것 같았습니다.

피노키오는 방 안을 뛰어다니며 상자와 서랍을 모두 뒤지고, 심지어 침대 밑까지 뒤졌습니다. 빵 한 조각, 아니면 딱딱한 쿠키나 생선 조각, 곰팡이 핀 옥수수 죽, 체리의 씨 등 한마디로 말해 씹을 수 있는 뭔가를 찾았지만 아무 것도 찾지를 못했습니다. 하다못해 개가 남긴 뼈라도 있으면 맛있게 먹었을 텐데! 하지만 아무것도 찾지 못했습니다. 아무것도, 정말 아무것도 없었습니다.

그러는 동안 피노키오의 허기는 점점 더 심해져만 갔습니다. 가엾은 피노키오가 유일하게 할 수 있는 건 하품뿐이었습니다. 그리고 정말 하품을 했습니다. 입이 귀 끝까지 쭉 뻗어 나올 정도로 크게 하품을 했습니다. 곧 어지럽고 기절할 지경이었습니다. 피노키오는 울부짖으며 혼잣말로 중얼거렸습니다.

"말하는 귀뚜라미가 옳았어. 아빠 말을 듣지 않고 집에서 도망친 건 내가 잘못한 거야. 만일 아빠가 지금 여기 있었다면, 이렇게 죽도록 하품만 하며 배고프게 있지는 않았을 텐데! 아, 배고픔은 정말 끔찍하게 나쁜 병이야!"

문득 피노키오는 방구석의 잡동사니 사이에서 달걀처럼 생긴 둥글고 하얀 무언가를 발견했습니다. 피노키오는 재빨리 그것을 향해 달려들었습니다. 그것은 진짜 달걀이었습니다!

피노키오의 기쁨은 이루 말로 표현할 수가 없었습니다! 꿈

을 꾸고 있는 것은 아닌지 달걀을 손 안에서 이리저리 돌려가며 쓰다듬고, 입을 맞추기도 했습니다. 피노키오는 달걀에 입을 맞추며 중얼거렸습니다.

"자, 이제 이걸 어떻게 요리를 할까? 오믈렛을 만들어 먹을까? 아니, 팬에 튀기는 게 낫겠지! 아니면 그냥 마셔버릴까? 아니, 달걀 프라이가 제일 맛있을 거야. 아, 정말 빨리 먹고 싶다!"

이렇게 말하고는 바로 달걀 프라이 요리를 만들기 시작했습니다. 뜨거운 숯불이 가득 담긴 화로 위에 작은 프라이팬을 올려놓았습니다. 프라이팬에 기름이나 버터 대신 물을 조금 부었습니다. 물이 끓기 시작하자마자 - 탁! - 하고 달걀 껍데기를 깨뜨렸습니다. 그런데 달걀의 흰자와 노른자 대신, 까불대고 쾌활하며 미소 짓는 작은 노란 병아리가 달걀 속에서 튀어나왔습니다. 병아리는 피노키오에게 정중하게 인사하며 공손하게 말했습니다.

"제가 껍질을 깨는 수고를 덜게 해주셔서 정말, 정말로 고맙습니다, 피노키오 님! 그럼 안녕히 계세요. 항상 행운이 함께 하시길 빌게요, 가족들에게 안부도 전해 주세요!"

이 말을 남기고 병아리는 날개를 펼치고, 열린 창문으로 달려가, 더 이상 보이지 않을 정도로 하늘 높이 날아갔습니다.

가엾은 피노키오는 마치 돌로 변한 듯 눈을 크게 뜨고 멍하니 입을 벌린 채, 손에는 달걀 껍데기 반쪽을 든 채 서 있었습니다. 잠시 뒤 정신이 들자, 실망하여 목청껏 비명을 지르기 시작했고, 발을 땅에 쿵쾅거리면서 동동 구르면서 계속 울부짖었습니다.

"말하는 귀뚜라미의 말이 맞았어! 내가 집에서 도망치지 않았더라면, 또 아버지가 지금 여기 계셨다면, 배가 고파 굶어 죽지는 않았을 거야. 아, 배고픔은 정말로 나쁜 병이야!"

피노키오의 배에서는 아까보다도 더 크게 꼬르륵 소리가 났지만, 그 소리를 멈추게 할 수 있는 방법을 알 수가 없었습니다. 그래서 피노키오는 문득 집 밖으로 나가 근처의 마을로 가봐야겠다는 생각을 했습니다. 자신에게 빵 한 조각이라도 나눠줄 수 있는 사람을 찾을 수 있을지도 모르니까요.

CHAPTER 06
발이 재가 되어 버린 피노키오

피노키오는 화로 위에 발을 올려놓은 채 잠이 들었습니다. 다음 날 깨어보니, 발이 모두 불에 타버렸습니다.

피노키오는 깜깜한 거리에 나서는 걸 싫어했지만, 배가 너무 고파서 어쩔 수 없이 집 밖으로 뛰쳐나왔습니다. 밤은 칠흑같이 어두웠습니다. 하늘에서는 천둥이 울렸고, 하늘을 가로질러 번개가 번쩍이며 하늘을 불바다로 만들었습니다. 화가 난 듯 세찬 바람이 차갑게 불어 닥치는 대로 땅에 있는 모든 것들을 쓸어버릴 듯이 자욱한 먼지 구름을 일으켰고, 들판에 있는 나무들 또한 이리저리 쉼 없이 흔들리면 '윙윙' 소리를 냈습니다.

피노키오는 천둥과 번개를 몹시 무서워했지만, 그가 느끼는 배고픔이 무서움보다는 훨씬 더 컸습니다. 집을 뛰쳐나와 열심히

'껑충껑충' 내달려서 이웃 마을에 도착했습니다. 피노키오는 너무 지쳐서 사냥개처럼 혀를 축 내밀고는 숨을 헐떡였습니다.

마을 전체가 캄캄하고 텅 비어 있었습니다. 가게들은 문을 닫았으며, 창문도 또한 닫혀 있었습니다. 거리에는 개 한 마리도 보이지 않았습니다. 마치 '죽음의 마을' 같았습니다.

피노키오는 너무도 절박한 마음에 어떤 집의 문으로 달려가 미친 듯이 초인종을 누르면서 중얼거렸습니다.

"누군가 분명 내다볼 거야!"

피노키오의 말이 맞았습니다. 잠잘 때 쓰는 모자를 쓴 노인이 창문을 열고 밖으로 얼굴을 쑥 내밀었습니다. 그 노인은 무척 화가 나서 크게 소리쳤습니다.

"이 밤에 무슨 일이야?"

"빵 좀 주실 수 있나요? 배가 너무 고파요."

"잠깐만 기다려. 금방 돌아올게."

노인은 밤에 돌아다니면서 사람들이 잠들어 있는 사이에 초인종을 울리는 버릇없는 말썽쟁이가 틀림없다고 생각하며 대답했습니다.

잠시 후에 다시 창문에 나타난 그 노인이 피노키오를 향해 크게 소리쳤습니다.

"창문 밑으로 와서 모자를 내밀어!"

피노키오는 모자를 쓰지는 않았지만, 창문 아래로 들어갔습니다. 그런데 얼음처럼 차가운 물이 불쌍한 피노키오의 머리와 어깨, 그리고 온 몸으로 쏟아 내렸습니다.

피노키오는 누더기 헝겊처럼 젖은 채로 집으로 돌아왔습니다. 너무도 지치고 배가 고파서 더 이상 서 있을 힘조차 없었습니다.

피노키오는 조그만 의자에 털썩 주저앉아 물에 흠뻑 젖은 두 발을 말리기 위해 화로 위에 올려놓았습니다.

그리고는 그만 잠에 빠져들고 말았습니다. 잠자는 동안 물에 젖었던 피노키오의 나무 발에 불이 옮겨 붙어 타기 시작했습니다. 나무 발은 천천히, 아주 천천히, 타들어가더니 결국에는 검은 재로 변해버렸습니다.

피노키오는 자기 발이 타는 것도 모르고 행복하게 코를 골며 잠들었습니다. 새벽녘에, 문 두드리는 소리가 요란하게 들리자 눈을 떴습니다.

"누구세요?"

피노키오는 하품을 하고 눈을 비비면서 소리쳤습니다.

"나다."

바로 제페토 할아버지의 목소리였습니다.

CHAPTER 07
피노키오에게 자신의 아침밥을 주는 제페토 할아버지

제페토 할아버지는 집으로 돌아와 자신이 먹으려던 아침 식사를 피노키오에게 줍니다.

아직 잠이 덜 깬 가엾은 피노키오는 자신의 두 발이 불에 타 없어졌다는 사실을 미처 깨닫지 못하고 있었습니다. 피노키오는 아빠의 목소리가 들리자마자 조그만 의자에서 벌떡 일어나 문을 열려고 했지만, 몇 발짝 걷기도 전에 비틀거리며 바닥에 곤두박질 치고 말았습니다.

피노키오가 바닥에 떨어지면서 마치 5층에서 나무가 잔뜩 들어 있는 자루가 떨어지는 것만큼이나 크고 요란한 소리가 났습니다.

"문 열어!"

제페토 할아버지가 문 밖에서 소리쳤습니다.

"아빠, 저는 문을 열 수가 없어요."

피노키오는 절망에 빠져 울면서 바닥에 뒹굴었습니다.

"왜 못 여니?"

"누군가 내 발을 모두 먹었어요."

"누가 네 발을 먹었다는 거야?"

"고양이가요."

피노키오는 방구석에서 앞발로 열심히 대팻밥을 흩날리면서 놀고 있는 고양이를 보며 대답했습니다.

"빨리! 문이나 열어라."

제페토 할아버지가 다시 소리쳤습니다.

"안 그러면, 내가 들어가서 정말로 네 발을 고양이한테 줄 테다."

"아빠, 정말이에요. 난 일어날 수가 없어요. 아, 이런! 아, 이런! 평생 무릎을 꿇고 기어 다녀야 할 것 같아요."

제페토 할아버지는 피노키오가 얘기하는 이 모든 말들이 장난일 거라고 생각했습니다. 그래서 혼쭐을 내줘야겠다고 생각하며 집 벽에 난 창문을 통해 집으로 들어갔습니다.

창문을 통해 집안에 들어서자마자 처음에는 몹시 화가 났지만, 바닥에 누워 발도 없이 누워 있는 피노키오를 보자 제페토 할

아버지는 몹시 슬펐습니다. 바닥에 누워 있는 피노키오를 들어 올려 쓰다듬어 주며 제페토 할아버지는 어쩔 줄을 몰랐습니다. 제페토 할아버지의 볼에는 굵은 눈물방울이 흘러내렸습니다.

"오 피노키오, 내 아들 피노키오야! 어쩌다가 이렇게 발을 다 태워먹은 거냐?"

"잘 모르겠지만, 아빠, 정말 끔찍한 밤이었어요. 평생 잊지 못할 거예요. 천둥소리는 너무 시끄러웠고, 번개는 너무 번쩍였고, 배도 몹시 고팠어요. 그때 말하는 귀뚜라미가 나에게 이렇게 말하는 거예요. '네가 그렇게 당해도 싸지. 넌 나쁜 놈이니까.' 그래서 제가 '꺼져, 재수 없는 귀뚜라미야!'라고 했더니, 말하는 귀뚜라미가 '넌 마리오네트고, 더군다나 네 머리는 나무로 만들어졌다는 거야. 알겠어?'라고 하는 거예요. 그래서 저는 아주 화가 나서 나무망치를 던졌거든요. 말하는 귀뚜라미는 나무망치에 맞아 죽었어요. 이게 다 귀뚜라미의 잘못이에요. 난 말하는 귀뚜라미를 죽이고 싶지 않았거든요. 그리고 프라이팬을 숯불 위에 올려놓았는데, 달걀에서 갑자기 병아리가 튀어나와 날아가면서 '그럼 안녕히 계세요. 항상 행운이 함께 하시길 빌게요, 가족들에게 안부도 전해 주세요!'라고 말하는 거예요. 그래서 나는 배가 너무 고파져서 밖으로 나갔는데, 잠잘 때 쓰는 모자를 쓴 노인이 창밖으로 고개를 내밀고 '창문 밑으로 와서 모자를 내밀어!'라고 말하는 거예요. 그리고는 창문 밖으로 물을 끼얹었어요. 그래서 나는 머리에 물벼락을 맞았어요. 먹을 것을 좀 나눠달라고 하는 것은 부끄러운 일은 아니잖아요? 그리고는 배가 너무 고파서 바로 집으로 돌아왔어요. 젖은 몸을 말리려고 작은 의자에 앉아서 화로에 발을 올려놓았었는데, 그 다음에는 난 깜박 잠이 들었던 거예요. 그 다음에 아빠가 돌아오셨는데, 발은 이미 다 타버렸고 배는 여전히 고프고……! 엉! 엉! 엉!"

가엾은 피노키오는 주변 몇 킬로미터 떨어진 곳에서도 들릴 정도로 크게 울며, 비명을 질렀습니다.

피노키오가 두서없이 주절거리며 늘어놓는 이야기를 모두 들은 제페토 할아버지는 피노키오가 배가 몹시 고프다는 것 말고는 전혀 알아들을 수가 없었습니다. 그래서 제페토 할아버지는 가엾은 피노키오에게 주머니에서 배 세 개를 꺼내어 주며 말했습

니다.

"이 배 세 개는 내가 내일 아침 식사로 먹으려던 건데, 기꺼이 너에게 주마. 먹고 그만 울어."

"그럼, 제가 바로 먹을 수 있게 껍질을 깎아주세요."

"뭐, 껍질을 깎아달라고?"

제페토 할아버지는 매우 놀라며 물었습니다.

"얘야, 네가 그렇게 음식에 까다로울 줄은 미처 생각 못 했구나. 정말 그건 옳지 않아! 이 세상을 살아가려면, 아주 어렸을 때부터도 무엇이든지 먹는 데 익숙해져야 해. 세상에는 별의별 일이 많기 때문에, 앞으로 어떤 일이 닥칠지 아무도 모른단 말이다!"

"네, 아빠 말이 맞을지도 모르죠."

피노키오가 대답했습니다.

"하지만 난 껍질을 깎지 않은 배는 먹지 않을 거예요. 난 껍질을 깎지 않은 배를 좋아하지 않아요."

그래서 마음씨 착한 제페토 할아버지는 칼을 꺼내 배 세 개의 껍질을 모두 깎고, 껍질을 탁자 위의 한쪽 귀퉁이에 한 줄로 올려놓았습니다.

피노키오는 눈 깜짝할 새에 배 한 개를 먹어치우고는 씨를 창문 밖으로 던져버리려고 했습니다. 그 즉시 제페토 할아버지는 피노키오의 팔을 잡고 말했습니다.

"아니, 버리지 마! 이 세상 모든 게 쓸모가 있을지도 모르잖니!"

"하지만 전 씨는 먹지 않을 거예요!"

피노키오가 화가 나서 고개를 좌우로 흔들면서 큰 목소리로 소리쳤습니다.

"누가 알겠니?"

제페토 할아버지는 차분하게 다시 한 번 더 말했습니다.

그리고는 피노키오가 창문 밖으로 던져버리려던 배 세 개의 씨를 탁자의 껍질 옆에 나란히 올려놓았습니다.

배 세 개를 아주 게걸스럽게 다 먹어 치운 피노키오는 길게 하품을 하며 투덜댔습니다.

"난, 아직도 배가 고파요."

"하지만 더 이상 줄 게 없단다."

"정말, 아무것도 없어요? 아무것도요?"

"내가 가진 건 이 세 개의 씨와 그 껍질뿐이란다."

"좋아요."

피노키오가 말했습니다.

"다른 게 없다면, 그거라도 다 먹겠어요."

피노키오의 표정이 처음에는 쓸쓸해했지만, 하나 둘씩 배 껍질과 씨를 먹어치우기 시작했습니다.

"아! 이제야 좀 살 것 같다!"

피노키오는 마지막 하나까지 모두 먹고 나서 말했습니다.

"이제 알겠니?"

제페토 할아버지가 말했습니다.

"입맛이 너무 까다로우면 안 된다고 내가 말했지. 아들아, 이 세상을 살다보면 우리에게 어떤 일이 벌어질지 아무도 모르는 거란다!"

CHAPTER 08
피노키오에게 다시 생긴 발, 그리고 공부할 책

제페토 할아버지는 피노키오에게 발을 다시 만들어 주고, 코트를 팔아서 책을 사줍니다.

피노키오는 이제 배고픔이 해소되자마자 새로운 발을 만들어 달라고 할아버지에게 투덜거리며 울기 시작했습니다.

하지만 제페토 할아버지는 피노키오가 그동안 저지른 장난에 대해 벌을 주기 위해 아침 내내 그냥 내버려 두었습니다. 저녁 식사 후 제페토 할아버지는 피노키오에게 말했습니다.

"내가 왜 네 발을 다시 만들어줘야 하지? 네가 또다시 집에서 뛰쳐나가는 걸 보려고?"

"약속할게요."

피노키오가 울먹이면서 대답했습니다.

"이제부터는 착하게 말 잘 들을게요."

"아이들은 뭔가를 원하는 게 있을 때만 언제나 그렇게 약속을 하지."

제페토 할아버지가 말했습니다.

"매일 학교에 가고, 공부도 하고, 착한 어린이가 되겠다고 약속해요."

"아이들은 자기가 뭔가를 원할 때면 항상 그렇게 노래를 부르지."

"하지만 난 다른 남자애들과 달라요! 난 다른 애들보다 훨씬 뛰어나고, 항상 진실만을 말해요. 아빠, 약속드릴게요. 제가 기술을 배워서 아빠를 기쁘게 해드리고, 아빠가 늙으시면 든든하게 지켜드릴게요."

아무리 엄한 척했지만, 제페토 할아버지는 피노키오의 가엾은 모습을 보자 눈물이 차오르고 마음이 누그러졌습니다. 제페토 할아버지는 말없이 연장과 나무토막 두 개를 집어 들고 부지런히 피노키오의 발을 만드는 작업을 시작했습니다.

한 시간도 안 되어 피노키오의 멋진 새 발이 완성되었습니다. 피노키오의 가늘고 늘씬한 두 개의 작은 발은 마치 예술가의 손으로 만들어진 조각품처럼 만들어졌습니다.

"눈을 감고 잠을 자!"

제페토 할아버지는 피노키오에게 말했습니다.

피노키오는 눈을 감고 잠자는 척했습니다. 제페토 할아버지는 달걀 껍데기에 들어 있는 접착제를 약간 넣어 두 발을 제자리에 붙였습니다. 관절이 거의 보이지 않을 정도로 아주 잘 붙었습니다.

피노키오는 새로 생긴 발이 느껴지자 탁자에서 뛰어내려 마치 너무 기뻐서 마치 정신을 잃은 미친 사람처럼 이리저리 깡충깡충 뛰어다니고 또 뛰어다녔습니다.

"아빠, 제가 얼마나 감사한지 몰라요. 바로 지금 학교에 가겠어요. 그런데 학교에 가려면 옷이 필요해요."

제페토 할아버지는 너무도 가난해서 주머니에 한 푼도 없었습니다. 그래서 아들에게 꽃무늬 종이로 만든 작은 옷, 나무껍질로 만든 신발 한 켤레, 빵 반죽으로 만든 작은 모자를 만들어 주었습니다.

피노키오는 물이 가득 담긴 대야로 바로 달려가서 물에 비친 자신의 모습을 보고, 너무 기뻐서 잘난 척하며 자랑스럽게 말했습니다.

"멋진 신사처럼 보이지 않아요?"

"그래, 아주 멋지구나."

제페토 할아버지가 대답했습니다.

"하지만 멋진 옷이라도 깔끔하고 깨끗하지 않으면 그 사람을 돋보이게 할 수 없다는 걸 명심하렴."

"네."

피노키오가 대답했습니다.

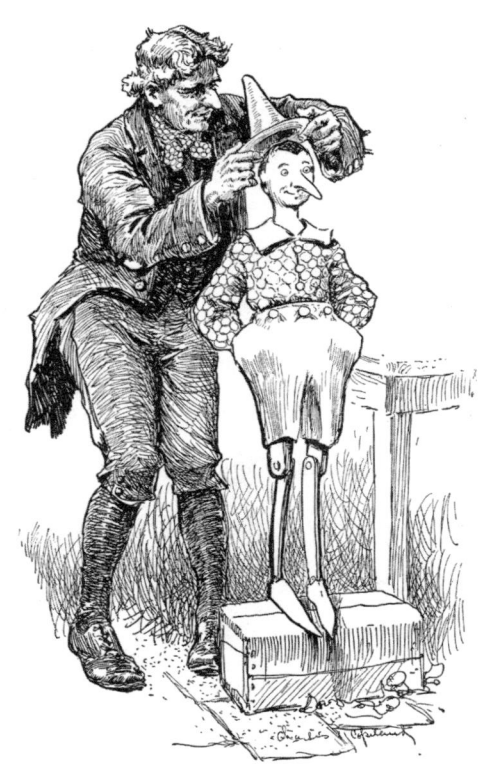

"하지만 학교에 가려면 아직 아주 중요한 한 가지가 더 남았어요."

"그게 뭐지?"

"책이요."

"그렇구나! 그런데 책은 어디서 구하지?"

"그건 쉬워요. 서점에 가서 사면 돼요."

"그럼, 돈은?"

"전 돈 없어요."

"나도 없어."

제페토 할아버지는 서글픈 표정을 지어보하며 말했습니다.

피노키오는 항상 명랑하고 행복한 소년이었지만, 이 말을 듣고는 슬퍼지고 풀이 죽어 버렸습니다. 가난할 때는 누구나 가난을 몸으로 느낄 수밖에 없습니다. 아무리 장난꾸러기 아들이라 할지라도.

"그게 뭐 중요해?"

제페토 할아버지는 의자에서 벌떡 일어나며 소리쳤습니다. 헝겊을 덧댄 부분이 가득한 낡은 코트를 걸치고는 아무 말 없이 집 밖으로 달려 나갔습니다.

얼마 지나지 않아 제페토 할아버지가 다시 집으로 돌아왔습니다. 제페토 할아버지의 손에는 아들을 위한 책이 들려 있었고, 입고 나간 낡은 코트는 사라져버렸습니다. 눈 내리는 이 추운 날

씨에 가엾은 제페토 할아버지는 셔츠만 입고 있었습니다.

"아빠, 코트는 어쨌어요?"

"팔아버렸지."

"왜, 코트를 팔았어요?"

"날씨가 너무 더워서."

피노키오는 눈 깜짝할 새에 아빠의 말뜻을 알아차리고는, 가슴이 뭉클해져 눈물을 참지 못하고 아빠의 목에 달려들어 연거푸 입을 맞추었습니다.

CHAPTER 09

인형극을 보기 위해 책을 파는 피노키오

피노키오는 인형극을 보려고 합니다. 피노키오는 마리오네트 극장에 들어갈 입장료를 마련하기 위해 자신의 책을 팔아버립니다.

눈이 그치자 피노키오가 새 책을 겨드랑이에 끼고 학교로 빠르게 가는 모습을 보세요! 피노키오는 걸어가는 동안 머릿속으로 수백 가지의 멋진 것들을 상상했습니다. 피노키오는 허공에 정신없이 상상의 나래를 펼치는 중에 혼잣말로 이렇게 중얼거렸습니다.

"오늘은 학교에서 책을 읽는 법을 배우고, 내일은 글을 쓰는 법을 배우고, 모레는 산수를 배울 거야. 그러면 난 아주 똑똑해져서 돈을 많이 벌 수 있을 거야. 처음 번 돈으로 아빠한테 멋진 천으로 만든 코트를 사드려야지. 아 천이라고 했던가? 아니지, 금과 은

으로 만들고 다이아몬드 단추가 달린 코트를 사드릴 거야. 불쌍한 우리 아빠는 당연히 그럴 자격이 있어. 어쨌든 아빠가 지금 셔츠를 입고 있는 건 나한테 책을 사줬기 때문이잖아? 이렇게 추운 날에도 말이야! 아빠는 자식에게 정말 너무 많이 희생을 하고 계셔!"

피노키오는 혼잣말을 하는데, 멀리서 피리와 북 소리가 들리는 것 같았습니다.

피-피-피, 피-피-피 …… 둥, 둥, 둥, 둥.

피노키오는 멈춰 서서 귀를 기울였습니다. 그 소리는 바닷가 작은 마을을 향해 비스듬히 뻗어 있는 길 끝에서 들려왔습니다.

"저게 무슨 음악 소리야? 저런 흥겨운 음악 소리를 두고 학교에 가야 하다니! 귀찮은데 학교에만 가지 않는다면……."

피노키오는 거기서 멈춰 섰고, 어쩔 줄을 몰라 몹시 당황했습니다. 둘 중 하나를 선택해야만 할 것 같았습니다. 학교에 가야 할지 아니면 피리 소리를 따라가야 할지?

"오늘은 피리 소리를 따라가고, 내일 학교에 가면 되지. 학교 갈 시간은 언제든지 있으니까."

꼬마 악동이 마침내 결심하고 어깨를 으쓱하면서 말했습니다.

피노키오는 비스듬히 뻗어 있는 길로 들어서자마자 바람처럼 거리를 따라 달리기 시작했습니다. 그는 계속 달렸고, 피리와 북소리는 점점 더 크게 들여왔습니다. 피-피-피, 피-피-피, 피-피-피…… 둥, 둥, 둥, 둥.

드디어 피노키오는 자신이 사람들로 가득 찬 커다란 광장에 이르렀다는 것을 깨달았습니다. 그 광장에는 알록달록한 밝은 색으로 칠해진 작은 나무와 천으로 만들어진 천막 주변에 사람들이 모여 서 있었습니다.

"저 천막은 뭐야?"

피노키오는 가까이 있는 작은 소년에게 물었습니다.

"푯말에 쓰여 있는 것을 읽어보면, 알 수 있을 텐데."

"나도 읽어보고 싶은데, 오늘은 왠지 읽을 수가 없어."

"아, 정말? 그럼 내가 읽어줄게. 불타오르는 듯한 새빨간 저 푯말엔 '대형 마리오네트 극장'이라고 쓰여 있어."

"언제 시작했어?"

"지금 막 시작했어."

"그럼 입장료는 얼마야?"

"4페니."

피노키오는 안에서 무슨 일이 벌어지고 있는지 몹시 궁금해서 호기심이 생겼습니다. 그래서 참지 못하고, 부끄러운 줄도 모르고 그 소년에게 말했습니다.

"내일까지 4페니만 빌려줄래?"

"기꺼이 그래줄게."

다른 한 소년이 피노키오를 놀리듯이 대답했습니다.

"하지만 지금은 빌려줄 수가 없어."

"내 코트를 4페니에 팔게."

"꽃무늬 종이옷은 비가 오면 어떻게 될까? 다시 벗을 수도 없잖아."

"그럼 신발은 어때?"

"그건 불을 피울 때 좋을 것 같은데."

"그럼 모자는 어때?"

"정말 좋은 거래지! 빵으로 만든 모자라! 그 모자를 쓰면 쥐들이 내 머리에 달려들어서 뜯어먹으려고 할지도 모르겠는 걸!"

피노키오는 거의 울 것만 같았습니다. 마지막으로 하나 남은 제안을 하려던 참이었지만, 용기가 나지 않았습니다. 피노키오는 한참 망설였고, 어떻게 해야 할지 마음을 정할 수 없었습니다. 드디어 피노키오는 마지막 제안을 했습니다.

"책을 팔면, 4페니 주겠니?"

"난 어린 소년일 뿐이야, 어린 소년에겐 아무것도 사지 않아."
피노키오보다 훨씬 생각이 깊은 작은 친구가 말했습니다.
"책을 주면 4페니 주지."
그때, 옆에서 어린 소년들의 대화를 듣고 있던 넝마주이(낡고 해져서 입지 못하게 된 옷이나 천 조각, 헌 종이, 빈병 등 돈이 될 만한 것을 주워 모으는 사람. =양아치)가 말했습니다.

그래서, 책의 주인이 바뀌었습니다. 가엾은 제페토 할아버지가 셔츠 차림으로 추위에 떨며 집에 앉아 있을 거라는 걸 생각하면……, 어린 아들을 위해 그 책을 사려고 코트를 팔았으니!

CHAPTER 10
마리오네트 형제를 만난 피노키오, 그리고 죽음의 위기

마리오네트들은 형제인 피노키오를 알아보고 큰 환호로 그를 맞이합니다. 하지만 불을 먹는 쇼를 하는 인형극 단장이 나타나 불쌍한 피노키오는 거의 비참하게 목숨을 잃을 뻔합니다.

피노키오는 순식간에 마리오네트 극장 안으로 들어갔습니다. 그때 곧 폭동을 일으킬 뻔한 큰 일이 벌어졌습니다.

막이 오르고 공연이 시작되었습니다.

마리오네트 할리퀸(일부 전통 연극에 나오는 어릿광대. 다이아몬드 무늬의 알록달록한 옷을 입음)과 풀치넬라가 무대에서 상황에 대해서 장황한 이야기를 죽 나열하고 있었고, 평소처럼 서로를 몽둥이와 주먹으로 위협하면서 기회만 엿보고 있었습니다.

극장 안은 사람들로 가득 들어찼고, 그들은 두 마리오네트의 익살스러운 행동에 광경을 즐기며 배꼽을 잡고 웃음보를 터트리고 있었습니다.

연극은 얼마 동안 계속되다가 갑자기, 아무런 예고도 없이 할리퀸이 말을 멈췄습니다. 그는 관객 쪽으로 돌아서서 오케스트라 뒤쪽을 가리키며 동시에 거친 목소리로 크게 소리쳤습니다.

"봐, 봐! 내가 꿈을 꾸고 있는 걸까? 아니면 정말 피노키오가 저기 있는 걸까?"

"그래, 그래! 피노키오 맞아!"

풀치넬라가 소리쳤습니다.

"맞아요! 맞아!"

로사우라 부인이 무대 옆에서 고개를 내밀고는 소리쳤습니다.

"피노키오다! 피노키오!"

모든 마리오네트들이 쏟아져 나오며 외쳤습니다.

"피노키오다. 우리 형제 피노키오다! 피노키오 만세!"

"피노키오, 내게로 와!"

할리퀸이 소리쳤습니다.

"나무 형제들의 품으로 와 안겨!"

그렇게 따뜻한 환영의 초대에 피노키오는 오케스트라 뒤편에서 한 번 뛰어올라 맨 앞줄에 서게 되었습니다. 다시 한 번 뛰어올라 오케스트라 지휘자의 머리 위로 올라갔고, 세 번째 뛰어올라 무대 위로 올라섰습니다.

마리오네트 연극배우들이 피노키오를 맞이했을 때의 기쁨의

함성, 따뜻한 포옹, 두드림, 그리고 친절한 인사는 말로 표현할 수 없을 정도의 대단한 환영이었습니다.

마리오네트들끼리는 정말 감격스러운 광경이었지만, 연극이 멈추자 관객들은 화가 나서 소리를 지르기 시작했습니다.

"연극, 연극, 우리는 연극을 보고 싶다!"

관객들이 소리치는 것도 아무 소용이 없었습니다. 인형극을 계속하기는커녕, 전보다 두 배나 더 큰 소리로 소란을 피웠고, 마리오네트들은 피노키오를 어깨에 태우고는 무대 주위를 돌다가 무대 중앙으로 나아가 마치 승리의 기쁨을 만끽하는 것처럼 흥겨워했습니다.

바로 그 순간, 극장 주인이 무대 위로 나왔습니다. 너무나 무시무시한 모습에 한 번 보면 소름이 돋을 정도였습니다. 극장 주인의 수염은 검었고, 얼마나 긴지 턱에서 발끝까지 길게 늘어져 있

CHAPTER 10. 마리오네트 형제를 만난 피노키오, 그리고 죽음의 위기 **63**

었습니다. 입은 마치 아궁이처럼 아주 컸고, 이빨은 누런 송곳니 같았으며, 두 눈은 붉은 석탄처럼 빛났습니다. 그의 거대하고 털이 많은 손에는 초록뱀과 검은 고양이 꼬리를 꼬아 만든 긴 채찍이 들려져 있었습니다. 극장 주인은 채찍을 위태롭게 허공을 가르며 획획 소리를 내며 휘둘렀습니다.

생각하지 못한 극장 주인의 출현에 어느 누구도 숨조차 쉴 수 없을 정도였습니다. 마치 파리가 지나가는 소리가 들릴 정도였습니다. 가엾은 마리오네트들은 하나같이 폭풍 속 나뭇잎처럼 사시나무 떨 듯 벌벌 떨었습니다.

"왜 내 극장에 나타나서 이런 소란을 피우는 거야?"

거구의 극장 주인이 감기에 걸린 괴물 같은 목소리로 피노키오에게 물었습니다.

"주인 나리, 믿어주세요. 제 잘못이 아니에요."

"그만! 조용히 해! 나중에 내가 잘잘못을 따질 테니까."

연극이 끝나자마자 극장 주인은 부엌으로 갔습니다. 부엌에는 질 좋은 양고기가 꼬치에 꽂힌 채 불 위를 천천히 빙빙 돌고 있었습니다. 양고기를 다 익히려면 땔감용 나무가 더 필요했습니다. 그래서 극장 주인은 할리퀸과 풀치넬라를 불러 말했습니다.

"저 마리오네트를 내게 데려와! 잘 말린 나무로 만든 것 같군. 땔감용 나무로 아주 제격이야. 고기 굽는데 아주 좋은 불을 피울 수 있겠어."

할리퀸과 풀치넬라는 잠시 망설였습니다. 그러다 극장 주인의 눈빛과 마주치자 깜짝 놀라 부엌을 나서 주인의 지시를 따랐습니다. 잠시 후, 그들은 가엾은 피노키오를 붙잡고 부엌으로 돌아왔습니다. 피노키오는 장어처럼 꿈틀거리며 애처롭게 울고 있었습니다.

"아빠, 구해주세요! 죽고 싶지 않아요! 난 죽고 싶지 않아요!"

CHAPTER 11
재채기를 하고 피노키오를 용서하는 극장 주인

극장 주인은 재채기를 하고 피노키오를 용서합니다. 피노키오는 친구인 할리퀸을 죽음으로부터 구해줍니다.

극장에서는 큰 흥분이 감돌았습니다.

파이어 이터(실제로 극장 주인의 이름이었습니다)는 아주 긴 수염이 가슴을 거쳐 다리까지 덮고 있고 얼굴이 험상궂게 생겨서 무서워 보였지만, 겉보기와는 다르게 그리 나쁜 사람은 아니었습니다. 불쌍한 피노키오가 끌려와 두려움에 떨며 '죽고 싶지 않아요! 난 죽고 싶지 않아요!'라고 외치는 것을 보았을 때, 극장 주인은 피노키오를 불쌍하게 여겨 몸을 떨다가 점점 약해지면서 마음이 움직이기 시작했다는 것입니다. 결국 극장 주인은 참으려고 했지만, 더 이상 참을 수 없어 재채기를 요란하게 하고 말았습니다.

극장 주인의 재채기를 듣고, 지금까지 축 늘어진 수양버들처럼 슬퍼하던 할리퀸이 행복한 미소를 지으며 피노키오 쪽으로 몸을 기울이며 속삭였습니다.

"피노키오, 좋은 소식이야! 극장 주인이 재채기를 했다고. 그건 너를 불쌍하게 보고 있다는 거야. 넌 이제 살았어!"

보통 사람들은 슬프거나 괴로울 때면 눈물을 흘리며 눈을 닦지만, 극장 주인은 가엾은 마음이 들 때면 재채기를 하는 요상한 버릇이 있었습니다. 그래서 극장 주인이 재채기를 한다는 것은 다른 사람들에게 자기의 마음이 움직였다는 것을 보여주는 좋은 신호였습니다.

재채기를 한 후, 여전히 험상궂게 생긴 극장 주인은 피노키오에게 이렇게 외쳤습니다.

"울지 마! 네 울음소리 때문에 내 배에서 꼬르륵 소리가 나잖

아. 그리고 …… 에취!, 에취!"

극장 주인은 재채기를 두 번이나 크게 했습니다.

"시원하시겠네요!"

피노키오가 말했습니다.

"그럼! 부모님은 아직 살아 계시냐?"

극장 주인이 물었습니다.

"아버지는요. 어머니는 모르겠고."

"내가 너를 땔감으로 쓰면 네 불쌍한 아버지가 몹시 괴로워하겠구나. 불쌍한 노인네! 정말 안됐구나! 에취! 에취! 에취!"

세 번이나 더 재채기 소리가 들렸는데, 그 어느 때보다 더 컸습니다.

"시원하시겠네요!"

피노키오가 말했습니다.

"고맙군! 하지만 지금 당장이라도 나를 좀 봐줘야할 것 같아. 맛있는 저녁을 망쳤단다. 양고기도 반쯤 익었기 때문에 불에 쓸 나무가 필요하단 말이다. 너를 저 불에 던져 넣으면 아주 좋을 것 같은데, 괜찮아! 어쩔 수 없지, 너 대신에 다른 마리오네트를 불 속에 집어넣어야겠다. 어이! 호위병!"

극장 주인이 부르자, 두 명의 나무로 만들어진 호위병이 나타났습니다. 그들의 키는 91센티미터 정도로 길고 가늘었으며, 머리에는 이상한 세모난 모자를 썼으며, 손에는 칼을 뽑아서 들고 있었습니다.

극장 주인은 재채기를 많이 하여 쉰 듯한 목소리로 호위병들에게 소리쳤습니다.

"할리퀸을 잡아라, 묶어서 불에 던져버려. 내 양고기를 아주 잘 익혀야겠다!"

독자 여러분! 불쌍한 할리퀸이 얼마나 놀랐을 지를 생각해 보세요! 할리퀸은 너무 무서워서 다리를 휘청거리다가 다리가 서로 꼬여 바닥에 넘어졌습니다.

피노키오는 그 가슴 아픈 광경을 보고 극장 주인의 발 앞에 엎드려 펑펑 울면서 좀처럼 듣기 힘든 애처로운 목소리로 애원했습니다.

"부디 자비를 베풀어 주십시오, 신사님!"

"여기에는 신사가 없다!"

"부디 자비를 베풀어 주십시오, 친절한 선생님!"

"여기에는 선생님이 없다!"

"부디 자비를 베풀어 주십시오, 각하!"

각하라고 자신을 부르는 것을 듣고, 마리오네트 극장의 주인은 의자에 똑바로 앉아 긴 수염을 쓰다듬으며 갑자기 친절하고 동정심이 많아져서 피노키오에게 자랑스럽게 미소를 지으며 말했습니다.

"그래, 마리오네트, 내게 뭘 원하는가?"

"평생에 한 번도 남에게 해를 끼친 적이 없는 불쌍한 친구입니다. 할리퀸에게 자비를 베풀어 주세요."

"피노키오, 나에겐 자비란 없다. 난 널 살려줬어. 그러니까 할리퀸이 네 대신 불 속에 던져져야 해. 내가 배가 몹시 고프니 빨리 양고기를 구워야 한단 말이다."

"그렇다면……."

피노키오는 일어서서 빵으로 만든 모자를 벗어 던지며 자랑스럽게 말했습니다.

"내가 뭘 해야 할지 알거 같아요. 자, 호위병들! 나를 묶어서 불길 속에 던져버려요. 세상에서 내 가장 친한 친구인 불쌍한 할리퀸이 나 대신 죽는 건 절대 안돼요, 옳지 않아요!"

피노키오가 날카로운 목소리로 내뱉은 이 용감한 말에 다른 마리오네트들은 모두 울음을 터뜨렸습니다. 심지어 나무로 만들어진 호위병들조차도 마치 아기처럼 울었습니다.

극장 주인은 처음에는 얼음 조각처럼 냉정하고 아주 차가웠습니다. 하지만 조금씩 부드러워지면서 재채기를 하기 시작했습니다. 재채기를 네다섯 번 연거푸 한 후, 그는 두 팔을 활짝 벌리고 피노키오에게 이렇게 말했습니다.

"아주 용감한 꼬마로구나! 어서 와 내 품에 안겨 내게 입맞춤을 해다오!"

피노키오는 극장 주인에게 달려가 긴 검은 수염을 다람쥐처럼 기어가며 극장 주인의 코끝에 사랑스러운 입맞춤을 했습니다.

"그럼, 저에게 자비를 베풀어 주시는 거죠?"

불쌍한 할리퀸이 거의 숨소리보다도 작은 들릴락 말락 한 목소리로 물었습니다.

"물론이지!"

극장 주인이 대답했습니다. 그리고 한숨을 쉬며 고개를 흔들며 덧붙였습니다.

"아마도, 오늘 밤은 양고기를 반만 익혀 먹어야 할 것 같은데, 다음에는 안 봐줄 테니까 조심하도록 해, 마리오네트들아."

자비를 베풀어 준다는 소식이 전해지자 마리오네트들은 무대로 달려 올라가 모든 조명을 밝게 켜고 새벽까지 춤추고 흥겨운 노래를 불렀습니다.

CHAPTER 12
다섯 개의 금화를 선물로 받은 피노키오

극장 주인은 피노키오에게 아버지 제페토에게 갖다 드리라고 금화 다섯 개를 줍니다. 하지만 피노키오는 여우와 고양이의 꾐에 빠져 그들을 따라갑니다.

다음 날, 극장 주인은 피노키오를 따로 불러서 물었습니다.
"아버지 이름은 뭐니?"
"제페토예요."
"어떤 일을 하시니?"
"목수예요."
"돈은 좀 버시니?"
"아빠는 돈을 너무 많이 벌어서 주머니에 돈이 한 푼도 없어요. 내가 학교에 가져갈 책을 사 주려고 하나뿐인 코트를 팔아야 했어요. 그 코트는 여러 군데를 깁고 수선을 해서 너덜너덜한 코트예요."

"가엾은 친구! 정말 안됐구나. 자, 금화 다섯 개를 줄 테니 아버지께 가져다 드려라. 그리고 내 진심 어린 안부 인사도 전해주렴."

피노키오는 누구나 쉽게 생각할 수 있듯이 극장 주인에게 천 번이나 고맙다고 인사를 했습니다. 그리고는 모든 마리오네트와, 심지어 나무로 만든 호위병들에게도 차례로 입맞춤으로 인사를 대신하고 기쁨에 겨워 집으로 향하는 길을 떠났습니다.

피노키오가 1킬로미터도 가지 못했을 때, 절름발이 여우와 장님 고양이를 만났습니다. 그들은 마치 친한 친구처럼 함께 걷고 있었습니다. 절름발이 여우는 장님 고양이에게 기대었고, 장님 고양이는 절름발이 여우가 자신을 안내하는 데로 따라갔습니다.

"좋은 아침이야, 피노키오."

절름발이 여우가 정중하게 인사하며 말했습니다.

"내 이름을 어떻게 알았어?"

피노키오가 물었습니다.

"네 아버지를 잘 알고 있지."

"우리 아빠를 어디서 봤는데?"

"어제 집 문 앞에 서 있는 걸 봤어."

"아빠가 뭘 하고 있었는데?"

"셔츠를 입고 추위에 떨고 있었어."

"불쌍한 아버지! 하지만 오늘 이후로는, 하느님이 보우하사 더 이상 떨지 않으실 거야."

"왜?"

"내가 부자가 되었으니까."

"너, 부자야?"

절름발이 여우가 말하며 큰 소리로 웃기 시작했습니다. 장님 고양이도 웃었지만, 긴 수염을 쓰다듬으며 애써 웃음을 감추려 했습니다.

"웃을 일이 아니야."

피노키오가 화난 목소리로 소리를 질렀습니다.

"입에 군침이 고이게 해서 미안하지만, 내가 갖고 있는 건 새 금화 다섯 개야."

그리고는 피노키오가 극장 주인이 준 금화들을 꺼내 보여줬습니다.

황금빛 금화가 부딪히는 소리에 여우는 무의식적으로 절름발이라고 생각했던 앞발을 앞으로 쭉 내밀었고, 고양이는 마치 살아있는 숯처럼 검게 보이는 두 눈을 번쩍 떴지만, 피노키오가 눈치 채지 못할 정도로 재빨리 눈을 다시 감았습니다.

"뭐 하나 물어봐도 될까?"

여우가 물었습니다.

"그 금화로 뭘 할 생각인데?"

"먼저,"

피노키오가 대답했습니다.

"아빠에게 좋은 새 코트를 사드릴 거야. 다이아몬드 단추가 달린 금과 은으로 만든 코트. 그다음에는 내 자신을 위해서 책을 사야지."

"너 자신을 위해서?"

"그래, 내 자신을 위해서. 학교에 가서 열심히 공부하고 싶거든."

"날 봐."

여우가 말했습니다.

"공부를 하겠다는 어리석은 생각으로 발을 하나 잃었어."

"날 봐."

고양이가 덧붙였습니다.

"똑같은 어리석은 생각으로, 나는 두 눈의 시력을 잃었어."

그 순간, 길가 울타리에 앉아 있던 검은새(수놈은 까만색에 부리만 노랗고 암놈은 몸과 부리가 갈색임) 한 마리가 날카롭고 분명하게 외쳤습니다.

"피노키오, 나쁜 친구들의 거짓말을 듣지 마. 그러면 언젠가는 후회하게 될 거야!"

불쌍한 작은 검은새! 그 말을 속으로만 생각했으면 좋았을 텐데! 그 말을 듣고 눈 깜짝할 사이에 고양이가 검은새에게 달려들

어 깃털까지 몽땅 먹어 치웠습니다.

고양이는 검은새를 먹은 후, 수염을 닦고 다시 눈을 감고 시력을 잃은 장님 고양이로 돌아갔습니다.

"가엾은 검은새!"

피노키오가 고양이에게 말했습니다.

"왜 검은새를 죽였니?"

"그놈을 죽인 건, 가르쳐 주려고 한 거야. 다른 사람이 말할 때 끼어들면, 자기가 말한 대로 후회한다는 걸 알려줘야 했거든."

이때쯤 세 친구는 같이 먼 길을 걸어갔습니다. 그때 갑자기 여우가 걸음을 멈추고는 피노키오에게 말했습니다.

"네 금화를 두 배로 불리지 않을래?"

"무슨 말이야?"

"너의 금화 다섯 개를 금화 백 개, 천 개, 이천 개로 늘리고 싶지 않아?"

"좋지. 하지만 어떻게?"

"아주 쉬워. 집으로 돌아가지 말고 우리와 함께 가는 거야."

"나를 어디로 데려가려고?"

"심플 시몬스로."

피노키오는 잠시 생각한 후, 단호하게 말했습니다.

"아니, 난 가고 싶지 않아. 거의 집에 다 왔거든. 아빠가 기다리고 있는 집으로 갈 거야. 어제 내가 돌아오지 않아서 아직도 많이 속상해 하실 거야! 나는 정말 나쁜 아들이야. 말하는 귀뚜라미가 '자기 부모의 말을 듣지 않고 제멋대로 집을 뛰쳐나가는 아이들은 벌을 받는다고! 그 아이들은 이 세상에서 결코 행복할 수 없고, 언젠가 나이가 들게 되면 가슴을 치며 몹시 후회하게 될 거야.'고 한 말이 맞았어. 내가 좋지 않은 경험을 많이 해서 이 사실을 깨닫게 되었어. 심지어 어젯밤 마리오네트 극장에서 극장 주인이……으으으!!!!! 생각만 해도 등골이 오싹해져."

"그렇게, 정말로 집에 가고 싶다면 가도 돼. 하지만 나중에 후회하게 될 거야."

여우가 말했습니다.

"후회하게 될 거야."

고양이가 여우의 말끝을 따라서 되풀이했습니다.

"잘 생각해 봐, 피노키오. 너에게 온 운명의 여신에게 등을 돌리고 있는 거야."

"등을 돌리고 있는 거야!"

고양이가 또 여우의 말끝을 따라서 되풀이했습니다.

"네가 가진 금화 다섯 개가 내일이면 이천 개가 될 수도 있는데!"

"될 수도 있는데!"

고양이가 또 여우의 말끝을 따라서 되풀이했습니다.

"하지만, 어떻게 그렇게 많이 불어날 수가 있는 거야?"

피노키오가 궁금해 하며 물었습니다.

"설명해 줄게."

여우가 말했습니다.

"심플 시몬스 외곽에 '경이로운 들판'이라는 축복받은 들판이 있어. 이 들판에 구덩이를 파고 그 안에 금화를 하나 묻어. 흙으로 구덩이를 덮은 후 물을 잘 주고 소금을 약간 뿌리고 잠자리에 드는 거야. 밤이 되면 금화가 싹을 틔우고 자라 꽃을 피우고, 다음 날 아침 금화 열매가 가득 열린 아름다운 나무를 발견하게 되는 거지."

"내가 가진 금화 다섯 개를 땅에 묻으면, 다음 날 아침, 내 금화가 몇 개가 되는 거야?"

피노키오는 점점 더 궁금해 하며 소리쳤습니다.

"아주 간단하지. 손가락으로 세면 돼! 금화 한 개당 오백 개의 금화가 달린 송이가 되니까, 오백 개에 5를 곱하면 돼. 그러니까 다음 날 아침이면 반짝이는 금화 이천오백 개를 볼 수 있을 거야."

여우가 대답했습니다.

"좋아! 좋아! 그것들을 다 모으는 대로, 이천 개는 내가 갖고, 나머지 오백 개는 너희 둘에게 나누어 줄게."

피노키오가 기쁨에 들떠 펄쩍펄쩍 뛰어다니며 외쳤습니다.

"우리한테 선물한다고? 당연히 그렇게는 안 되지!"

여우가 모욕당한 척하며 소리쳤습니다.

"그렇게는 안 되지!"

고양이가 또 여우의 말끝을 따라서 되풀이했습니다.

"우리는 뭔가를 바라고 일을 하지는 않아. 우리는 오직 다른 사람들을 부자로 만들어 주기 위해 일한다고."

여우가 대답했습니다.

"다른 사람들을 부자로 만들어 주기 위해 일한다고!"

고양이가 또 여우의 말끝을 따라서 되풀이했습니다.

'너희들은 정말 좋은 일을 하는구나.'

피노키오는 속으로 생각했습니다. 그리고 아버지와 새 코트, 책, 그리고 모든 새롭게 결심한 것들을 모두 잊어버리고 여우와 고양이에게 말했습니다.

"그래, 가자! 너희들과 함께 갈게."

CHAPTER 13
붉은 가재의 여관

고양이와 여우 그리고 피노키오는 걷고 또 걸었습니다. 마침내 저녁 무렵, 지쳐 쓰러질 듯 피곤해진 일행은 붉은 가재의 여관에 도착했습니다.

"여기서 잠깐 멈춰서, 뭣 좀 먹고 몇 시간 정도 쉬어가자. 자정에 다시 출발하면, 내일 새벽에는 '경이로운 들판'에 도착할 수 있을 거야."

여우가 말했습니다.

그들은 여관에 들어가 식탁에 앉았습니다. 하지만, 아무도 별로 배고프지는 않았습니다.

불쌍한 고양이는 몸이 너무 허약해져서 토마토소스를 곁들인 숭어 35마리와 치즈를 곁들인 소 곱창 요리 4인분밖에 먹을 수

없었습니다. 게다가 힘이 너무 없어서 버터와 치즈를 네 그릇 더 먹어야 했습니다.

여우는 온갖 설득 끝에 조금이라도 먹으려고 애썼지만, 의사가 다이어트를 해야 한다고 해서 어린 병아리 열두 마리를 곁들인 작은 토끼 한 마리 요리로 만족해야 했습니다. 토끼 요리를 먹은 후, 자고새 몇 마리, 꿩 몇 마리, 토끼 두 마리, 그리고 개구리와 도마뱀 열두 마리를 주문했습니다. 그게 전부였습니다. 여우는 몸이 안 좋아서 더 이상 먹을 수 없다고 말했습니다.

피노키오는 거의 아무것도 먹지 않았습니다. 빵 한 조각과 견과류 몇 개를 달라고 했지만, 그것도 거의 먹지 않았습니다. 불쌍한 피노키오는 '경이로운 들판'에 정신이 팔려, 많은 금화 생각으로 소화불량에 시달리고 있었습니다.

저녁 식사가 끝나자, 여우는 여관 주인에게 말했습니다.

"좋은 방 두 개를 주세요. 하나는 피노키오가 사용할 방이고, 다른 하나는 저와 제 친구가 사용할 방입니다. 다시 길을 출발하기 전에 잠깐 잠을 자야겠어요. 자정에는 꼭 깨워주셔야 해요. 우리는 여행을 계속해야 하니까요."

"네, 알겠습니다."

여관 주인이 여우와 고양이에게 의미심장한 듯이 눈을 깜빡이며 대답했습니다. 마치 '알아들었어요.'라고 말하는 듯했습니다.

피노키오는 잠자리에 들자마자 깊은 잠에 빠져 들어 꿈을 꾸기 시작했습니다. 그는 들판 한가운데에 있는 꿈을 꾸었습니다. 들판에는 포도가 주렁주렁 열린 덩굴이 가득했습니다. 포도는 다름 아닌 금화였고, 바람에 흔들리며 즐겁게 딸랑거렸습니다. 마치 '우리가 필요하면, 어제든지 따가세요!'라고 말하는 것 같았습니다.

피노키오가 손을 쭉 뻗어 한 줌의 금화를 따려는 순간, 누군가 세 번이나 문을 두드리는 요란한 소리에 잠에서 깼습니다. 여관 주인이 자정이 되었다고 알려주러 온 것이었습니다.

"내 친구들은 일어났나요?"

피노키오가 여관 주인에게 물었습니다.

"네, 일어나고말고요! 두 시간 전에 출발했습니다."

"왜 그렇게 서둘러 갔나요?"

"불행하게도 고양이님에게 첫째 아들이 동상에 걸려 임종을 앞두고 있다는 전보가 왔습니다. 그분은 당신에게 작별 인사를 할 여유가 없었습니다."

"저녁 값은 내고 갔나요?"

"어떻게 그런 짓을 할 수 있겠어요? 그분들은 매우 품위 있는 분들이었습니다. 그래서 당신에게 말도 안 하고 계산서를 지불할 실례를 범하고 싶지 않았던 겁니다."

"참, 아쉽네요! 그런 실례는 내겐 더할 나위 없이 좋은데요."

피노키오가 머리를 긁적이며 말했습니다.

피노키오는 덧붙였습니다.

"내 친구들이 나를 어디서 기다리겠다고 말하지 않았나요?"

"경이로운 들판에서요, 내일 아침 해가 뜰 무렵에요."

피노키오는 친구들의 저녁 식사비로 금화 한 개를 지불하고, 자신을 부자로 만들어 줄 경이로운 들판을 향해 길을 떠났습니다.

피노키오는 어디로 가야 하는지도 모른 채 계속 걸었습니다. 밤이 너무 어두워서 아무것도 보이지 않았습니다. 주변에서는 나뭇잎 하나 움직이는 소리도 들리지 않았습니다. 박쥐 몇 마리가 이따금 그의 코를 스치며 지나가는 것이 고작이었습니다. 피노키오는 너무 겁이 나서 한두 번 소리를 질렀습니다.

"누가 저기 가는 거야?"

그러자 멀리 있는 언덕에서 그에게 메아리쳤습니다.

"누가 저기 가는 거야? 누가 저기 가는 거야? 누가…?"

피노키오는 한참 걸어가다가 나뭇등걸 위에 작은 곤충 한 마리가 반짝이는 것이 보였습니다.

그 작은 곤충은 희미하고 부드러운 빛을 발하고 있었습니다.

"넌 누구니?"

피노키오가 물었습니다.

"나는 말하는 귀뚜라미의 혼령이야."

그 작은 곤충은 먼 저세상에서 들려오는 듯한 희미한 목소리로 대답했습니다.

"내게 원하는 게 뭐니?"

피노키오가 물었습니다.

"좋은 충고 몇 마디 해 주고 싶어. 집에 돌아가서 네게 남아 있는 금화 네 개를 불쌍한 네 아버지께 드리렴. 아버지는 너를 오랫동안 보지 못해서 몇날며칠을 울면서 지내고 계시거든."

"걱정 마, 내일이며 아버지는 부자가 될 거야. 이 네 개의 금화가 이천 개가 될 테니까."

"하룻밤에 부자를 만들어 준다는 놈들 말은 믿지 마, 애야. 대개 그런 놈들은 바보 아니면 사기꾼일 뿐이야! 제발 내 말 듣고 네 아버지가 기다리는 집으로 어서 돌아가!"

"싫어, 난 계속 갈 거야!"

"시간이 너무 늦었어!"

"계속 갈 거야."

"밤이 너무 깊었잖아."

"계속 갈 거야."

"길이 너무 위험해."

"계속 갈 거야."

"자신의 뜻대로만 하려고 고집을 피우는 아이는 언젠가는 크게 실패하여 후회하게 된다는 걸 꼭 기억해야 해."

"또 그런 헛소리야! 잘 가, 귀뚜라미 혼령!"

"그래 안녕, 피노키오. 하늘이 너를 도둑들로부터 보호해 주기를 바랄게."

귀뚜라미 혼령이 말을 마치자마자 잠시 침묵이 흐르고, 말하는 귀뚜라미 혼령의 불빛이 갑자기 사라졌습니다. 마치 누군가 꺼버린 듯. 길은 다시 아까와 같이 도로 어둠에 휩싸였습니다.

CHAPTER 14

도둑을 만나는 피노키오

피노키오는 말하는 귀뚜라미 혼령의 충고를 듣지 않고 도둑의 손에 넘어갑니다.

피노키오는 다시 여행을 계속하며 중얼거렸습니다.

"맙소사, 세상에! 생각해 보니, 우리 아이들은 정말 불쌍해. 모두가 우리를 꾸짖고, 모두가 우리에게 충고하고, 모두가 우리에게 경고하잖아. 우리가 그냥 가만히 있으면 모두가 우리에게 아버지와 어머니 노릇을 하려 들 거야. 모두가, 심지어 말하는 귀뚜라미까지도. 내가 그 귀찮은 귀뚜라미 말을 듣지 않는다고 해서, 앞으로 얼마나 많은 불행이 나를 기다리고 있을지 누가 어떻게 알겠어! 정말 도둑들을 만날 거라고도 했잖아! 적어도 나는 도둑을 만난다는 사실을 믿어 본 적도 없고 앞으로도 믿지 않을 거야. 전에도 그랬지만, 도둑은 밤에 밖으로 나가고 싶어 하는 아이들을 겁주기 위해 아버지와 어머니가 지어낸 말이라고 생각해. 그리고 진짜 내가 길에서 도둑을 만난다고 해도 무슨 상관이 있겠어? 나는 그냥 그들에게 달려가서 '이봐, 도둑, 무슨 일이야? 나를 속이려고 함부로 장난치면 안 된다는 걸 명심해! 조용히 가서 너희들 일이나 보지!'라고 말할 거야. 나의 그런 말을 들으면, 거의 불쌍한 도둑들은 바람처럼 달아날 거야. 하지만 만약 그들이 도망가지 않는다면, 그땐 내가 도망갈 수도 있어……."

피노키오는 더 이상 중얼거릴 시간이 없었습니다. 바로 그때 그의 등 뒤쪽에서 나뭇잎 사이로 가볍게 바스락거리는 소리가 들려오는 것 같았기 때문입니다.

피노키오가 뒤를 돌아보니, 어둠 속에 머리부터 발끝까지 검은

CHAPTER 14. 도둑을 만나는 피노키오

자루에 둘러싸인 커다란 검은 그림자 두 개가 서 있었습니다. 검은 두 그림자는 마치 유령처럼 발끝으로 껑충껑충 뛰면서 빠르게 피노키오에게 달려들었습니다.

'도둑이다!'

피노키오는 속으로 중얼거리면서, 금화를 어디에 숨겨야 할지 몰라 네 개의 금화를 입 안에 넣었습니다. 그리고는 혀 밑으로 쑤셔 넣었습니다.

피노키오는 도망치려고 했지만, 한 걸음도 내딛지 못하고 도둑들에 의해 양 팔이 붙잡히고 말았습니다.

두 명의 끔찍하고 낮은 목소리가 피노키오에게 말하는 것을

들었습니다.

"돈을 내놓지 않는다면, 목숨을 내놓아야 할 것이다!"

피노키오는 입에 금화를 물고 있었기 때문에 한마디도 말을 할 수가 없었습니다. 그래서 머리와 손과 몸동작으로 주머니에 동전 한 푼도 없는 불쌍한 마리오네트라는 것을 열심히 설명하려고 했습니다.

"어이, 어이, 헛소리 그만하고 돈을 내놓으라고!"

두 도둑이 위협적인 목소리로 소리쳤습니다.

피노키오의 머리와 손이 '나는 한 푼도 없어요.'라는 말인 것처럼 좌우로 흔들어 보이는 동작을 취했습니다.

"돈을 내놓지 않으면 죽는다!"

두 도둑 중, 키가 큰 도둑이 말했습니다.

"죽는다."

다른 도둑이 말끝을 따라서 되풀이했습니다.

"너를 죽인 후에는, 네 아버지도 죽일 거야."

"네 아버지도!"

다른 도둑이 또 말끝을 따라서 되풀이했습니다.

"아니, 안 돼!, 아니, 아빠는 안 돼!"

피노키오는 공포에 질려 소리쳤습니다. 피노키오가 비명을 지르자, 바로 그때 그의 혀 밑에 있는 금화들이 그의 입 안에서 서로 부딪히는 소리가 났습니다.

"아, 이 바보 같은 놈! 바로 거기구나! 네 혀 밑에 돈이 숨겨져 있었어. 당장 뱉어 내!"

하지만 피노키오도 엄청 고집이 세었습니다.

"어라! 벙어리 흉내를 내시겠다고? 잠깐만 기다려, 금방 뱉지 않을 수 없게 해줄 테니까!"

두 도둑 중 한 명은 피노키오의 코를 움켜쥐고 다른 한 명은 턱을 움켜쥐고, 입을 벌리게 하기 위해 무자비하게 좌우로 잡아당겼습니다.

하지만 모든 게 허사였습니다. 피노키오의 입술은 마치 못으로 박은 듯 굳게 닫혀 있어 도무지 열리지가 않았습니다.

그래서 두 도둑 중 몸집이 작은 도둑이 어쩔 수 없이 주머니에서 긴 칼을 꺼내 피노키오의 입을 벌리려고 했습니다.

피노키오는 순식간에 도둑의 손을 이빨이 깊숙이 박히도록 물어뜯어 뱉어냈습니다. 그런데 피노키오가 물어뜯은 것은 손이 아니라 고양이 앞발이라는 것을 보고 얼마나 깜짝 놀랐는지 모릅니다.

이 첫 번째 승리에 의기양양해진 피노키오는 도둑들의 손아귀에서 벗어나 길가의 덤불을 뛰어넘어 들판을 가로질러 재빠르게 달아났습니다. 도둑들은 마치 두 마리의 사냥개가 토끼를 쫓듯이 순식간에 피노키오를 쫓아왔습니다.

10킬로미터 이상 달리다 보니 피노키오는 거의 녹초가 되었습니다. 길을 잃은 피노키오는 거대한 소나무에 기어 올라가서 무엇이 보이는지 살펴보려고 굵은 가지에 앉았습니다. 도둑들도 올라가려고 했지만 어느 정도 따라 올라가다가 그만 미끄러져 떨어졌습니다.

그렇지만 도둑들은 추격을 포기하기는커녕, 오히려 그들을 더욱 부추겼습니다. 그들은 나무 다발을 모아 소나무 아래에 쌓아놓고 불을 질렀습니다. 순식간에 나무는 바람에 흔들리는 촛불처럼 훨훨 타오르기 시작했습니다. 피노키오는 불꽃이 점점 더 높이 치솟아 올라오는 것을 보았습니다. 피노키오는 구운 장작신세가 될 처지가 되었습니다. 어쩔 수 없이 피노키오는 소나무에서 재빨리 땅으로 뛰어내려 다시 들판을 가로질러 달아났습니다. 도둑들은 아까처럼 피노키오의 바로 뒤를 바짝 쫓아오고 있었습니다.

새벽이 밝아오고 있을 때, 쫓기던 피노키오의 바로 앞에 진흙

탕물이 가득 찬 깊고 넓은 웅덩이가 길을 가로 막고 나타났습니다.

어떻게 해야 할까? 피노키오는 지저분한 흙탕물로 가득 찬 웅덩이 앞에 서서 생각했습니다.

"하나, 둘, 셋!"

피노키오는 목청껏 소리치며 웅덩이 건너편으로 껑충 뛰어 건넜습니다. 도둑들도 피노키오를 따라 뛰어올랐지만, 웅덩이의 넓이를 제대로 가늠하지 못해 그만 '첨벙!'하고 진흙탕 한가운데로 빠지고 말았습니다. 피노키오는 물보라 치는 소리를 듣고 달리기는 것을 멈추지 않고 피식 웃으면서 소리쳤습니다.

"즐거운 목욕 되세요, 도둑님들!"

피노키오는 도둑들이 분명히 물에 빠져 죽었을 거라고 생각하며 고개를 돌려 확인해 보았습니다. 하지만 검은 자루를 뒤집어 쓴 도둑들은 물에 젖어 진흙물이 뚝뚝 떨어지는데도 여전히 피노키오를 쫓아 따라오고 있었습니다.

CHAPTER 15
커다란 떡갈나무에 매달린 피노키오

피노키오는 도둑들에게 붙잡혀 그만 커다란 떡갈나무 가지에 매달리는 신세가 되었습니다.

피노키오는 너무 지쳐서 달릴수록 도둑들의 손에 잡힐 것만 같은 생각이 들었습니다. 그런데 그때 갑자기 숲의 나무들 사이에 눈처럼 하얗게 빛나는 작은 오두막집이 보였습니다.

"내가 저 작은 오두막집에까지 뛰어갈 수 있는 힘이 남아 있다면, 살 수 있을지도 몰라."

피노키오는 혼잣말로 중얼거렸습니다.

피노키오는 더 이상 기다리지 않고 숲 속으로 재빨리 달려갔고, 도둑들은 여전히 쫓아오고 있었습니다.

거의 한 시간 동안이나 숨이 차게 달려와서 지칠 대로 지친 피노키오는 마침내 오두막집 문 앞에 이르러 문을 두드렸습니다. 그런데 아무 인기척도 들을 수 없었습니다.

피노키오는 전보다 더 세게 다시 문을 두드렸습니다. 바로 뒤에서 도둑들의 발소리와 숨소리가 들려왔기 때문입니다. 그렇지만 아까와 똑같은 침묵이 이어졌습니다.

아무리 문을 두드려도 소용이 없자, 절박한 마음으로 피노키오는 문을 부수려는 듯 발로 미친 듯이 차고 문을 쾅쾅 두드렸습니다. 이렇게 요란한 소리가 나자 작은 오두막집의 창문이 열리고 아름다운 소녀가 밖을 내다보았습니다. 소녀는 파란색의 머리카락을 하고 있었고 양초처럼 하얀 얼굴을 하고 있었습니다. 소녀는 눈을 감고 두 손을 가슴에 얹고 있었습니다. 거의 들리지 않을 정도로 아주 작고 약한 목소리로 속삭였습니다.

"이 집에는 아무도 살지 않아요. 모두 죽었어요."

"문이라도 좀 열어주지 않겠어요?"

피노키오가 간청하듯이 울먹이는 목소리로 소리쳤습니다.

"나도 죽었어요."

"죽었다고요? 그럼 어떻게 창가에서 얼굴을 보이고 있는 거예요?"

"나를 담아 갈 관을 기다리고 있는 거예요."

이 말을 끝으로, 소녀는 사라지고 창문은 소리 없이 조용히 닫혔습니다.

"오, 파란 머리의 사랑스러운 소녀여, 문을 열어주세요. 두 명의 도둑에게 쫓기고 있는 불쌍한 소년을 가엾이 여겨 주세요……."

피노키오가 말을 마치기도 전에, 두 개의 아주 강한 손이 그의 목을 움켜쥐었고, 똑같은 두 개의 끔찍한 목소리가 위협적으로 으르렁거렸습니다.

"이제야, 우리가 너를 잡았다!"

피노키오는 죽음이 눈앞에서 춤추는 것을 보고 너무 떨려서 다리 마디에서 덜컹거리는 소리가 나고 동전이 혀 밑에서 딸랑거렸습니다.

"자, 이제 입을 열거야, 말거야? 아! 대답하지 않는군? 좋아, 이번에는 우리가 입을 열어주지!"

두 도둑들이 물었습니다.

그들은 길고 날카로운 칼 두 개를 꺼내 피노키오의 등을 찔러댔습니다.

다행히도 피노키오는 아주 단단한 나무로 만들어졌기 때문에, 칼들은 부러지면서 산산조각이 났습니다. 도둑들은 칼자루를 손에 든 채 당황한 듯 서로를 바라보았습니다.

"알았다. 이제 너의 목을 매달 수밖에 없겠어."

두 도둑 중 한 도둑이 다른 도둑에게 말했습니다.

"목을 매달 수밖에!"

다른 도둑이 말끝을 따라서 되풀이했습니다.

도둑들은 피노키오의 손을 어깨 뒤로 묶고 목에 올가미를 감왔습니다. 그리고 거대한 떡갈나무의 높은 가지 위로 밧줄을 던져, 불쌍한 피노키오를 허공 저 멀리 대롱대롱 매달릴 때까지 잡아당겼습니다.

두 도둑은 자신들이 한 일에 만족한 채, 풀밭에 앉아 피노키오가 마지막 숨을 거두기를 기다렸습니다.

하지만 세 시간이 지났는데도 피노키오의 눈은 여전히 뜨고 있었고, 입은 여전히 굳게 닫혀 있었으며, 다리는 그 어느 때보다 더 활기차게 발버둥치고 있었습니다.

기다리다 지친 두 도둑은 피노키오를 조롱하듯 불렀습니다.

"내일까지 잘 있어. 아침에 돌아오면, 입을 벌린 채 네가 이미 죽어 있는 모습을 우리가 볼 수 있기를 바랄게."

그들은 이렇게 말하고 그 자리를 떠났습니다.

몇 분이 지나자, 북쪽에서 거센 바람이 불기 시작했습니다. 날카로운 바람 소리가 윙윙 울려 퍼지자, 불쌍한 피노키오는 마치 타종에 흔들리는 종처럼 이리저리 흔들렸습니다. 흔들림에 어지러워서 멀미가 심해졌고, 점점 더 조여지는 올가미가 피노키오의 목을 조여 왔습니다. 조금씩 피노키오의 눈앞이 희미해지기 시작했습니다.

죽음이 점점 더 가까이 다가오는 것을 느끼자, 피노키오는 여전히 누군가 나타나서 자신을 구해주기를 바랐습니다. 하지만 아무도 나타나지 않았습니다. 죽음이 코앞에 이르자, 피노키오는 불쌍한 늙은 아빠가 생각났고, 자신이 무슨 말을 하는지 조차 거의 의식하지 못한 채 혼잣말로 중얼거렸습니다.

"오, 아빠, 사랑하는 아빠! 아빠가 여기 계셨으면 좋겠는데……."

이것이 피노키오의 마지막 말이었습니다. 그는 눈을 감고 입을 벌리고 다리를 쭉 뻗은 채 마치 죽은 듯이 그 자리에 매달려 있었습니다.

CHAPTER 16
피노키오를 구한 파란 머리의 요정

파란 머리의 사랑스러운 예쁜 소녀는 불쌍한 피노키오를 침대에 눕힌 다음, 세 명의 의사를 불러 피노키오가 죽었는지 살았는지 알려달라고 합니다.

가엾은 피노키오가 더 오래 매달려 있었더라면 모든 희망은 사라졌을 것입니다. 다행히도, 파란 머리의 예쁜 소녀가 다시 창밖을 내다보았습니다. 바람에 힘없이 떠밀려 왔다 갔다 하는 불쌍한 피노키오를 보고 동정심이 가득했던 소녀는 손뼉을 '짝짝짝' 세 번 쳤습니다.

박수 소리가 울리자, 빠른 속도로 날아다니는 큰 날갯짓 소리가 들리더니, 커다란 매 한 마리가 날아와 창턱에 내려앉았습니다.

"무슨 명령을 내리시겠습니까, 나의 사랑스런 요정이시여?"

매가 머리를 숙이고, 깊은 경의를 표하며 물었습니다. 파란 머리의 사랑스러운 소녀는 숲 근처에서 천 년 이상 살아온 매우 착한 요정이었습니다.

"저 거대한 떡갈나무 가지에 매달려 있는 마리오네트가 보이나요?"

"네, 보입니다."

"좋아요. 당장 마리오네트에게로 날아가서 튼튼한 부리로 묶고 있는 매듭을 풀어주고, 떡갈나무 아래 풀밭에 살며시 내려놓아 주세요."

매는 날아가서 얼마 지나지 않아 돌아와서 말했습니다.

"요정님이 명령하신 대로 했습니다."

"마리오네트는 살아있나요, 죽었나요?"

"처음엔 마리오네트가 죽은 줄 알았습니다. 하지만 제 생각이 틀렸다는 것을 바로 깨달았습니다. 목에 감긴 매듭이 풀리자 그는 길게 한숨을 쉬며 조그만 목소리로 '이제, 좀 살 것 같군!'이라고 중얼거렸습니다."

요정이 다시 두 번 손뼉을 쳤습니다. 멋진 푸들이 나타나 사람처럼 뒷다리로 걸어갔습니다. 푸들은 궁정 제복을 입고 있었습니다. 푸들의 머리에는 금색 레이스로 장식된 삼각 모자가 허리까지 내려오는 하얗고 곱슬한 가발 위에 비스듬히 씌워져 있었습니다. 또한 다이아몬드 단추가 달린 초콜릿색 벨벳 코트를 입고 있었고, 두 개의 커다란 주머니에는 항상 뼈다귀가 가득 들어 있었습니다. 사랑하는 여주인이 저녁 식사 때 주머니에 넣어 두었던 것이었습니다. 진홍색 벨벳 바지를 입고, 실크 스타킹을 신었으며, 그리고 낮은 은색 버클 슬리퍼를 신고 있었습니다. 뒤쪽에는 비가 올 때 꼬리를 보호하기 위해 파란색 실크 덮개가 덮여 있었습니다.

"이리 와, 메도로."

요정이 푸들에게 말했습니다.

"내가 가장 좋은 마차를 준비하고 숲으로 가거라. 떡갈나무에 다다르면, 그 아래 풀밭에 반쯤 죽어 가는 불쌍한 마리오네트가 있을 거야. 그 마리오네트를 살살 조심스럽게 들어 올려 마차의 비단 쿠션 위에 올려놓고 내게 데려오도록 해라."

푸들은 알았다는 것을 보여주기 위해 실크로 덮인 꼬리를 두

세 번 흔들고 빠른 속도로 숲으로 달려갔습니다.

몇 분 후, 유리로 만든 작고 멋진 마차가 마구간에서 나왔습니다. 마차는 휘핑크림과 초콜릿 푸딩처럼 부드러운 장식에, 카나리아 깃털로 속을 채웠습니다. 백 쌍의 흰 쥐가 마차를 끌고 있었고, 푸들은 마부 석에 앉아 마치 목적지에 서둘러 가는 진짜 마부처럼 공중에 채찍을 휘둘렀습니다.

15분 정도 지난 후, 마차가 돌아왔습니다. 집 문 앞에서 기다리고 있던 요정은 불쌍한 작은 마리오네트를 품에 안고 들어 올려 진주 자개가 하나 가득 벽에 장식된 아담한 방으로 데려가 침대에 눕힌 후, 동네에서 가장 유명한 의사들을 즉시 불러 오게 했습니다.

의사들이 차례대로 왔는데, 까마귀, 올빼미, 말하는 귀뚜라미 순서로 왔습니다.

"선생님, 저는 이 불쌍한 마리

오네트가 죽었는지 살았는지 알고 싶습니다."

요정이 피노키오가 누워 있는 침대 주위에 모인 세 의사에게 돌아서며 말했습니다.

이 물음에 까마귀가 먼저 나서서 피노키오의 맥박과 코, 새끼 발가락을 만져보았습니다. 그리고는 엄숙하게 말을 했습니다.

"제 생각에는 이 마리오네트는 죽은 것 같습니다. 하지만 만약 어떤 불운한 일이 생겨서 그렇지 않다면, 그건 그가 아직 살아 있다는 확실한 신호일 겁니다!"

"죄송합니다. 제 유명한 친구이자 동료인 까마귀의 말에 반박해야 할 것 같습니다. 제 생각에는 이 마리오네트는 살아 있습니다. 하지만 만약 어떤 불운한 일이 생겨서 살아 있지 않다면, 그건 그가 완전히 죽었다는 확실한 신호일 겁니다!"

올빼미가 말했습니다.

"그럼 당신은 어떤 의견을 가지고 있나요?"

요정이 말하는 귀뚜라미를 보며 물었습니다.

"현명한 의사는 자기가 무슨 말을 하는지 모를 때, 입을 다물 줄을 알아야 한다고 생각합니다. 하지만 이 마리오네트는 제게 낯설지가 않습니다. 저는 이 마리오네트를 안지 꽤 오래되었으니까요!"

그때까지 아주 조용히 있던 피노키오가 발작하듯 너무 심하게 몸을 떨자 침대가 마구 흔들렸습니다.

"이 마리오네트는 아주 못된 말썽쟁이였습니다."

말하는 귀뚜라미가 계속해서 말했습니다.

피노키오는 눈을 떴다가 다시 재빠르게 감았습니다.

"이 마리오네트는 무례하고, 게으르고, 빈둥거리기만 한답니다."

피노키오는 침대 시트 속으로 얼굴을 숨겼습니다.

"이 마리오네트는 아버지의 마음을 아프게 하는 말 안 듣는 아들이랍니다!"

바로 그때 길게 몸을 떨며 흐느끼는 소리, 울음소리, 깊은 한숨 소리가 들렸습니다. 의사들이 시트를 들어 올리자 피노키오가 눈물로 반쯤 젖어 있는 것을 보고 얼마나 놀랐을지 여러분도 생각해 보세요!

"죽은 사람이 운다는 건 살아 있다는 뜻이야."

까마귀가 엄숙하게 말했습니다.

"유명한 친구이자 동료인 까마귀 선생의 말씀에 반박해서 죄송합니다. 하지만 제 생각에는 죽은 사람이 운다는 것은 죽고 싶지 않다는 뜻인 것 같습니다."

올빼미가 말했습니다.

CHAPTER 17
거짓말을 하면 코가 길어지는 피노키오

피노키오는 사탕은 먹지만 약은 먹지 않습니다. 저승사자들이 데리러 오자 약을 먹고 기분이 좋아집니다. 피노키오는 거짓말을 하면, 벌로 코가 점점 길어집니다.

세 의사가 방을 나가자마자 요정은 피노키오가 누워 있는 침대로 가서 그의 이마를 만져보더니, 열이 상당히 많이 나는 것을 알았습니다.

요정은 물 한 잔을 들고, 그 안에 흰색 가루약을 넣은 다음, 그것을 마리오네트에게 건네주며 다정하게 말했습니다.

"이걸 마시면, 며칠 안에 괜찮아질 거야."

피노키오는 유리잔을 보고 비웃는 듯한 표정을 지으며 징징거리는 목소리로 물었습니다.

"달콤해요, 써요?"

"쓰지만, 건강에는 좋단다."

"쓰다면, 난 안 먹을래요."

"먹어야 해!"

"난 쓴 건 절대 싫어요."

"마시면 쓴맛을 입에서 없애 줄 사탕 하나를 줄게."

"사탕은 어디 있어요?"

"여기 있어."

요정이 황금 사탕 그릇에서 사탕을 꺼내 보여주며 말했습니다.

"먼저 사탕을 주면, 그 다음에 쓴 약을 먹을게요."

"약속하는 거지?"

"네."

요정은 마지못해 피노키오에게 사탕을 주었습니다. 피노키오는 사탕을 씹어 순식간에 삼킨 후, 입술을 핥으며 말했습니다.

"사탕이 약이라면 얼마나 좋을 까요! 그럼 매일 먹을 수 있을 텐데."

"이제 약속을 지켜야지, 이 물약 몇 방울이라도 마셔. 몸이 좋아질 거야."

피노키오는 두 손으로 잔을 받아 코를 그 안에 넣었습니다. 그리고 잔을 입으로 가져가 다시 한 번 코를 넣었습니다.

"너무 써요, 너무 써요! 도저히 마실 수가 없어요."

"한 번도 맛본 적이 없는데 어떻게 쓰다는 걸 알지?"

"코로 냄새를 맡아보면 상상이 돼요. 냄새가 나니까요. 사탕 하나 더 먹고 싶어요. 사탕을 주면 마실 수 있을 거예요."

좋은 어머니처럼 인내심을 가진 요정은 피노키오에게 더 많은 사탕을 주고 다시 그에게 물약이 든 잔을 건네주었습니다.

"저는 마실 수가 없어요."

피노키오가 더욱 비꼬는 듯한 표정을 지으며 말했습니다.

"왜?"

"발에 얹은 깃털 베개가 불편하거든요."

요정은 깃털 베개를 피노키오의 발에서 치웠습니다.

"소용없어요. 그래도 마실 수가 없어요."

"이제는 또 뭐가 문제인 거니?"

"반쯤 열려 있는 저 문이 마음에 안 들어요."

요정은 바로 문을 닫았습니다.

"안 마실 거예요."

피노키오가 울음을 터뜨리며 소리쳤습니다.

"이 끔찍한 물약은 절대 안 마실 거예요. 안 마실 거야. 절대로 안 마실 거야!"

"그럼, 너는 후회하게 될 거야."

"상관없어요."

"넌, 지금 많이 아프단다."

"상관없어요."

"몇 시간이 지나면, 열병이 너를 저세상으로 데려갈 수도 있어."

"상관없어요."

"죽음이 두렵지 않니?"

"전혀요. 그 끔찍한 약을 마시느니 차라리 죽는 게 나아요."

그 순간, 방문이 활짝 열리고 잉크처럼 검은 토끼 네 마리가 작은 검은색 관을 어깨에 메고 들어왔습니다.

"너희들은 어떻게 온 거니?"

피노키오가 겁먹은 표정으로 침대에서 벌떡 일어나며 물었습니다.

"너를 데리러 왔지."

그중에서 가장 큰 토끼가 말했습니다.

"나를? 하지만 난 아직 죽지 않았는데!"

"그래, 아직 죽지는 않았지. 하지만 너의 열병을 낫게 할 약을 먹지 않았으니까 곧 죽게 될 거야."

"요정님, 요정님!"

피노키오가 비명을 지르면서 말했습니다.

"그 잔 주세요! 빨리요! 죽고 싶지 않아요! 안 돼, 안 돼, 아직은 절대로 안 돼!"

요정으로부터 물약이 든 잔을 받아, 두 손으로 움켜쥐고 약을 한 번에 삼켜버렸습니다.

"젠장, 이번에는 헛수고만 했네."

네 마리 토끼가 말했습니다. 그리고 그들은 발길을 돌려 작은 검은 관을 어깨에 다시 메고 투덜투덜 중얼거리며 방에서 조용히 나갔습니다.

물약을 마시자, 순식간에 피노키오는 기분이 좋아졌습니다. 침대에서 벌떡 일어나 옷을 입었습니다.

요정은 피노키오가 날개 달린 새처럼 방 안을 즐겁게 이리저리 뛰어다니는 것을 보고 말했습니다.

"결국 내가 너에게 만들어 준 물약이 네 건강을 되찾아 줬지, 그렇지 않니?"

"네, 정말 좋아요! 제가 다시 태어난 것만 같아요."

"그런데, 왜 아까는 그것을 그렇게 마시게 싫다고 한 거니?"

"원래 남자아이들은 다 그래요. 모든 남자아이는 아픈 병보다는 약을 더 싫어하거든요."

"정말 부끄러운 줄 알아야 해! 어쨌든 남자아이들은 약을 제때 먹으면 엄청난 고통은 물론 죽음까지도 피할 수 있다는 걸 알아야만 한단다."

"다음부터는 절대 고집부리지 않을게요. 어깨에 검은 관을 멘 저 검은 토끼들을 떠올리면, 아무리 쓴 약이라도 다 먹어 치울 수 있을 거예요!"

"이제, 이리 와서 도둑들을 만나서 어떻게 되었는지 말해 주렴."

"극장 주인이 아버지께 드리라고 금화 다섯 개를 줬어요. 집에 가는 길에 여우와 고양이를 만났는데, 그들이 '금화 다섯 개를 이천 개로 만들어보지 않겠냐?'고 묻더라고요. 나는 '네'라고 대답했죠. 그랬더니 그들이 '우리와 함께 경이로운 들판으로 가자'고 했어요. 나는 '그래, 가자'라고 했죠. 그러자 그들이 '붉은 가재의 여관에 들러 저녁을 먹고 자정이 지나면 다시 출발하자'고 했어요. 우리는 식사를 하고 잠자리에 들었죠. 내가 깨어났을 때 그들은 사라지고 없었고, 나는 홀로 길을 나서 어둠 속을 헤매기 시작했어요. 가는 길에 검은 석탄 자루를 쓴 두 명의 도둑을 만났는데, 그들은 나에게 '돈을 내놓지 않는다면, 목숨을 내놓아야 할 것이다!'라고 말했어요. 나는 '돈 없어요.'라고 몸짓으로 대답했죠. 왜냐하면 나는 금화를 숨기려고 혀 밑에 넣었으니까요. 그들 중 한 명이 내 입에 손을 넣으려고 했고, 나는 그의 손가락을 물어뜯어 뱉어냈어요. 하지만 그것은 손가락이 아니라 고양이 앞발이었어요. 그들은 나를 쫓아왔고, 나는 도망쳐 달아났죠. 그들은 나를 뒤쫓아 따라왔고, 마침내 나를 붙잡아 밧줄로 목을 묶은 다음 떡갈나무 가지에 매달았어요. 그리고 이렇게 말했어요. '내일까지 잘 있어. 아침에 돌아오면, 입을 벌린 채 네가 이미 죽어 있는 모습을 우리가 볼 수 있기를 바랄게.'"

"그럼, 그 금화는 지금 어디에 있니?"

요정이 물었습니다.

"잃어버렸어요."

피노키오가 이렇게 대답했지만, 실은 거짓말을 한 것입니다. 주머니에 금화가 있었기 때문입니다.

피노키오가 말하는 동안, 코의 길이가 점점 더 길어져서 그렇지 않아도 긴 코가 적어도 2인치는 더 길어졌습니다.

"그걸 어디서 잃어버렸어?"

"요 근처 숲에서요."

두 번째 거짓말을 하자 피노키오의 코는 몇 인치 더 길게 자랐습니다.

"요 근처에 있는 숲에서 잃어버렸다면, 우리가 찾아볼게. 숲에서 잃어버린 것은 언제든지 찾을 수 있으니까."

요정이 말했습니다.

"아, 이제 생각났어요. 금화를 잃어버린 게 아니라 아까 물약을 마실 때 나도 모르게 그만 같이 삼켰어요."

피노키오가 점점 더 당황해하며 대답했습니다.

세 번째 거짓말을 하자, 피노키오의 코는 전보다 훨씬 더 길어져서 몸을 돌릴 수도 없었습니다. 오른쪽으로 돌면 침대나 유리창에 부딪히고, 왼쪽으로 돌면 벽이나 문에 부딪히고, 코를 살짝

들어 올리면 요정의 눈을 찌를 듯했습니다.

요정은 피노키오를 쳐다보며 웃음을 참지 못했습니다.

"왜 웃으세요?"

피노키오가 자기의 커져가는 코를 보며 걱정스러워하며 물었습니다.

"너의 거짓말을 듣고 웃고 있는 거란다."

"내가 거짓말을 한다는 걸 어떻게 알았어요?"

"얘야, 거짓말은 금방 알아챌 수 있단다. 거짓말에는 두 종류가 있어. 다리가 짧아지는 거짓말과 코가 길어지는 거짓말이지. 방금 네 거짓말은 코가 길어지는 거짓말이란다."

피노키오는 너무 부끄러워 자신의 수치심을 어디에 숨길지 몰라 방에서 도망가려고 했지만, 코가 너무 길어져서 문 밖으로 나갈 수도 없었습니다.

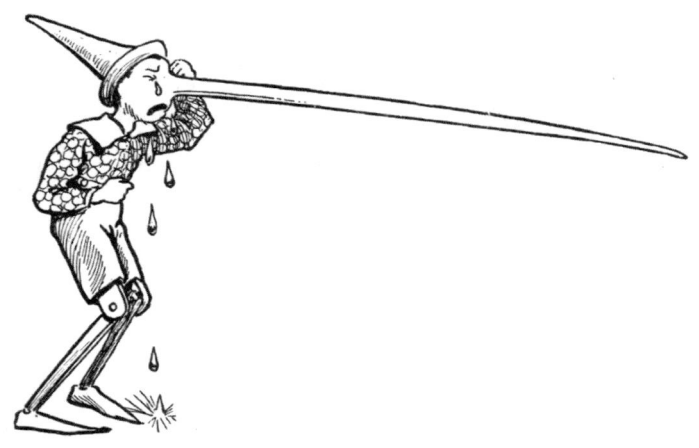

CHAPTER 18
금화를 심으러 경이로운 들판으로

피노키오는 여우와 고양이를 다시 만나고, 그들과 함께 경이로운 들판으로 금화를 심으러 갑니다.

마치 가슴이 터질 듯 울부짖는 피노키오는 코가 너무 길어 몇 시간이고 애를 썼습니다. 아무리 애를 써도 코는 문을 지나갈 수 없었습니다. 요정은 피노키오를 동정하지 않았습니다. 거짓말, 즉 피노키오가 거짓말 하는 버릇을 고칠 수 있도록 교훈을 주려고 했기 때문입니다.

하지만 공포에 질려 얼굴이 창백해지고 눈이 반쯤 풀린 피노키오를 보자, 요정은 불쌍한 마음이 들어 손뼉을 쳤습니다. 그러자 딱따구리 천 마리가 창문으로 날아 들어와 피노키오의 코 위에 앉았습니다. 딱따구리들은 피노키오의 길어진 코를 어찌나 세게 쪼는지, 순식간에 코는 예전의 크기로 돌아왔습니다.

"나의 요정님, 요정님은 너무 착하세요. 난 요정님을 너무 사랑한답니다!"

피노키오가 눈물을 닦으며 말했습니다.

"나도 너를 사랑한단다. 네가 나와 함께 여기서 산다면, 너는 내 남동생이 될 수 있는데. 물론 나는 네 착한 누나가 되어 줄 수 있겠지."

요정이 대답했습니다.

"저도 여기 머물고 싶지만, 그러면 불쌍한 아빠는 어떻게 하고요?"

"그건 걱정하지 않아도 된단다. 이미 네 아빠께 말씀을 드렸고, 네 아빠는 밤이 되기 전에 여기로 오실 거야."

"정말요? 그럼, 착한 요정님, 괜찮으시다면 아빠를 마중하러 가고 싶어요. 나를 위해 그토록 많은 고통을 겪으신 아빠를 빨리 만나보고 싶어요."

피노키오가 기뻐하며 외쳤습니다.

"물론이지. 하지만 길을 잃지 않도록 조심해야 해. 숲에 난 길로 가면 분명 아빠를 만날 수 있을 거야."

피노키오는 바로 길을 나섰습니다. 숲에 들어서자마자 토끼처럼 깡충깡충 뛰었습니다. 거대한 떡갈나무에 다다르자 덤불에서 바스락거리는 소리가 들리는 것 같아 걸음을 멈췄습니다.

피노키오의 짐작이 맞았습니다. 그곳에는 여우와 고양이가 서 있었습니다. 붉은 가재의 여관에서 함께 식사를 했던 바로 그 두 친구였습니다.

"우리의 사랑하는 피노키오다! 여긴 어떻게 온 거야?"

여우가 피노키오를 껴안고 입을 맞추며 소리쳤습니다.

"여긴 어떻게 온 거야?"

고양이가 여우의 말끝을 따라서 되풀이했습니다.

"설명하자면 아주 길어. 내가 천천히 말해 줄게. 그런데 요전날 밤, 너희들이 나를 여관에 혼자 남겨 두고 갔을 때, 난 길에서 도둑들을 만났어……"

피노키오가 말했습니다.

"도둑들이라고? 오, 불쌍한 친구! 그들이 너에게 뭘 달라고 했는데?"

"내 금화를 달라고 했어."

"악당들 같으니라고!"

여우가 말했습니다.

"악당들 같으니라고!"

고양이가 여우의 말끝을 따라서 되풀이했습니다.

"그래서 나는 도망쳐 달아나기 시작했어."

피노키오가 계속해서 말했습니다.

"그런데 도둑들에게 따라잡혔어. 그들은 나를 떡갈나무 가지에 매달았어."

피노키오는 근처에 있는 거대한 떡갈나무를 가리키며 말했습니다.

"세상에! 이보다 더 나쁜 사람들은 없을 거야?"

여우가 말했습니다.

"이렇게 살기 힘든 세상이라니! 우리 같은 착한 사람들이 살 수 있는 안전한 곳은 없을까?"

여우가 이렇게 말하고 있을 때, 피노키오는 고양이의 오른쪽 앞발이 잘려나간 것을 보았습니다.

"고양아, 네 앞발은 어떻게 된 거야?"

피노키오가 물었습니다.

고양이는 대답하려고는 했지만, 말이 너무 서툴러서 어찌해야 할지 모르고 있었습니다. 여우가 그를 도와 재빨리 말했습니다.

"이 친구는 너무 겸손해서 말을 할 수 없어. 내가 대신 말해줄게. 한 시간쯤 전에 길에서 늙은 늑대 한 마리를 만났어. 늑대는 거의 굶주린 상태였고 우리에게 도움을 요청했어. 우리는 줄 게 아무것도 없었는데, 이 친구가 친절을 베푼답시고 어떻게 했는지 알아? 이빨로 자기의 앞발을 물어뜯어 그 불쌍한 늑대에게 던지면서 먹을 것이라고 먹으라고 하는 거야."

여우는 이렇게 말하면서 눈물을 닦았습니다.

피노키오는 감동하여 눈물을 흘리며 고양이의 귀에 대고 속삭였습니다.

"모든 고양이가 너와 같다면, 쥐들은 얼마나 행복할까!"

"그런데, 피노키오 너는 지금 여기서 뭘 하고 있는 거야?"

여우가 피노키오에게 물었습니다.

"난 아빠를 기다리고 있어. 곧 아빠가 오실 거야."

"금화는 어쩌고?"

"아직 내 주머니에 들어 있지. 붉은 가재 여관에서 쓴 돈 하나를 빼고."

"그 금화 네 개가 내일이면 이천 개가 될지도 모른다는 생각을! 왜 내 말을 듣지 않아? 경이로운 들판에 그 금화를 심으러 가지 않는 거야?"

"오늘은 안 돼. 다음에 같이 가보자."

"하루가 더 지나면, 너무 늦을 거야."

여우가 말했습니다.

"왜?"

"그 들판은 아주 부유한 사람이 샀거든, 오늘이 바로 모든 사람들에게 공개되는 마지막 날이거든."

"그 경이로운 들판은 여기서 얼마나 먼데?"

"겨우 3킬로미터 정도 밖에 안 남았어, 우리랑 같이 갈래? 30분 정도면 충분할거야. 돈을 심고 몇 분 후면 이천 개의 금화를 수확해서 부자가 되어 집으로 돌아갈 수 있을 거야. 같이 갈래?"

피노키오는 잠시 망설이다가 대답했습니다. 착한 요정, 늙은 아빠 제페토, 그리고 말하는 귀뚜라미의 조언이 떠올랐기 때문입니다. 그러고는 마음이 없고 머리가 없는 모든 남자아이들이 하듯이 고개를 끄덕이며 생각을 마쳤습니다. 그는 어깨를 으쓱하며 여우와 고양이에게 말했습니다.

"그래, 가자! 너희들이랑 함께 갈게."

그렇게 해서 그들은 함께 길을 떠났습니다.

그들은 적어도 반나절 동안 걷고 또 걸어 마침내 '심플 시몬스'

라는 마을에 도착했습니다. 마을에 들어서자마자 피노키오는 온 거리가 굶주려서 하품을 하는 털이 없는 개들로 가득 차 있는 것을 보았습니다. 털이 깎인 양들은 추위에 떨고 있었고, 볏이 없는 닭들은 밀 한 알이라도 구걸을 하고 있었습니다. 아름다운 색깔들로 장식된 날개를 다 팔아버려 날 수 없는 커다란 나비들이 날갯짓을 하고 있었고, 꼬리가 잘려나간 공작들은 자신들의 몸을 드러내는 것을 부끄러워했습니다. 그리고 꿩들은 금빛과 은빛 깃털을 영원히 잃어버려 초췌한 모습으로 슬퍼하며 황급히 달아나고 있었습니다.

이런 가난하고 불쌍한 동물들 사이로 아름다운 마차 한 대가

이따금씩 지나다녔습니다. 그 안에는 여우, 매, 아니면 독수리가 타고 있었습니다.

"경이로운 들판은 어디에 있어?"

피노키오가 기다리다 지쳐서 물었습니다.

"조금만 참아. 몇 걸음만 더 가면 돼."

그들은 도시를 지나 성벽 바로 바깥에 있는 외딴 들판에 들어

섰습니다. 그곳은 다른 들판과 별반 다르지 않아 보였습니다.

"여기야, 여기에 구덩이를 파고 금화들을 심으면 돼."

여우가 피노키오에게 말했습니다.

피노키오는 구덩이를 파고 금화 네 개를 넣은 다음 아주 조심스럽게 흙으로 덮었습니다.

"자, 이제 근처 개울로 가서 물통에 물을 가득 채워 와서 금화를 심은 구덩이에 뿌려주면 돼."

여우가 말했습니다.

피노키오는 여우가 말하는 대로 꼼꼼하게 따랐지만, 양동이가 없었기 때문에 할 수 없이 신발을 벗어 그 속에 물을 채우고 금화를 심은 땅 위에 뿌렸습니다. 그리고는 이렇게 물었습니다.

"이제 또 뭘 해야 해?"

"이제는 됐어. 이제 가자. 20분쯤 뒤에 여기로 다시 돌아오면 금화 덩굴이 자라고 가지마다 금화 열매가 가득 매달려 있을 거야."

여우가 대답했습니다.

피노키오는 너무 기뻐서 여우와 고양이에게 연거푸 감사하다고 하고, 그들에게 멋진 선물을 주겠다고 약속했습니다.

"우리에게 선물은 필요 없어. 우리는 네가 별 어려움 없이 부자가 되도록 도와준 것만으로도 충분해. 이 일만으로도 우리는 너무 기뻐."

두 악당이 대답했습니다.

그들은 피노키오에게 작별인사를 하고 행운을 빌어주고 길을 떠났습니다.

CHAPTER 19
금화도 빼앗기고, 감옥에 갇히는 피노키오

피노키오는 금화를 모두 빼앗기고, 그 벌로 4개월 동안 감옥살이를 합니다.

만약 피노키오에게 20분이 아니라 하루만 기다리라고 했더라면, 그 시간은 그에게 더 길게 느껴지지 않았을 것이다. 그는 초조하게 앞뒤로 걸어가다가 마침내 시간이 되어 경이로운 들판 쪽으로 고개를 돌렸습니다.

그리고는 서둘러 걸어가는 동안, 피노키오의 심장은 마치 벽시계처럼 흥분해서 똑딱똑딱 뛰었고, 그의 머릿속은 온갖 생각으로 가득 찼습니다.

"만약 천 개가 아닌 이천 개가 달려있다면? 아니, 이천 개가 아니라 오천 개가, 아니 십만 개가 달려있다면? 나는 아름다운 멋진 집을 짓겠어. 천 개의 마구간 안에 천 마리의 목마를 가지고 놀 수 있고, 레모네이드와 아이스크림소다가 넘쳐나는 지하 저장고, 그리고 사탕과 과일, 케이크와 쿠키가 가득한 서재를 만들 거야."

이렇게 상상의 나래를 펼치며 피노키오는 경이로운 들판에 도착했습니다. 거기서 혹시 금화가 가득 든 덩굴이 보이나 보려고 멈춰 섰습니다. 하지만 아무것도 보이지 않았습니다! 몇 걸음 앞으로 나아갔지만, 여전히 아무것도 보이지 않았습니다!

피노키오는 금화를 묻어 두었던 곳으로 다가갔습니다. 하지만 역시 아무것도 보이지 않았습니다! 피노키오는 골똘히 생각에 잠겼습니다. 피노키오는 주머니에서 손을 꺼내 머리를 긁적였습니다.

그러자, 피노키오의 머리 바로 옆에서 터져 나오는 커다란 웃음소리가 들렸습니다. 피노키오가 돌아보니, 바로 위 나무 가지에 커다란 앵무새 한 마리가 앉아서 분주하게 깃털을 다듬고 있었습니다.

"왜 웃는 거야?"

피노키오가 짜증난 목소리로 물었습니다.

"깃털을 다듬다가 날개 밑을 간질였기 때문에 웃고 있는 거야."

피노키오는 대답하지 않았습니다. 그는 개울가로 걸어가 신발에 물을 채우고 금화들을 심은 땅 위에 다시 물을 뿌렸습니다.

조용한 들판에서 아까보다 훨씬 더 무례하고 커다란 웃음소리가 터져 나왔습니다.

"앵무새야! 도대체 무슨 일이 그렇게 재밌는 거야?"

피노키오가 이번에는 화가 나서 소리쳤습니다.

"나는 들은 것을 모두 믿고, 자신에게 쳐진 함정에 너무 쉽게 빠지는 멍청한 바보를 보고 웃고 있는 거야."

"설마, 나를 말하는 거야?"

"그래, 불쌍한 피노키오, 너를 말하는 거야. 콩이나 호박처럼 밭에 금을 뿌릴 수 있다고 믿는, 바보 같은 놈아. 나도 한때 그렇게 믿었었는데, 오늘 정말 후회돼. 오늘 (하지만 너무 늦었어!) 정직하게 돈을 벌려면 자기 손으로 직접 일해야 하고, 머리를 어떻게든 짜내야 벌수 있다는 사실을 깨달았어."

"무슨 말을 하는지 전혀 모르겠는데."

걱정이 앞서 두려움에 떨기 시작한 피노키오가 말했습니다.

"안됐군! 더 자세하게 설명을 해줘야겠군."

앵무새가 말했습니다.

"네가 도시로 가는 동안 여우와 고양이가 재빨리 여기로 다시 돌아왔어. 그리고는 네가 묻어둔 금화 네 개를 가지고 바람처럼 빠르게 도망쳤지. 만약 네가 그들을 잡을 수 있다면, 넌 정말 용하지!"

피노키오의 입이 크게 딱 벌어졌습니다. 앵무새의 말을 믿을 수 없어서 금화를 묻은 구덩이를 맹렬하게 파기 시작했습니다. 구덩이가 자기 몸만큼 커질 때까지 파고 또 파봤지만, 금화는 한 푼도 없었습니다. 금화 네 개가 모두 사라져 버렸습니다.

피노키오는 절박한 심정으로 시내로 달려가 곧바로 법원으로 가서 재판관에게 절도 사건을 신고했습니다. 재판관은 원숭이였는데, 나이 든 존경받는 큰 고릴라였습니다. 늘씬한 흰 수염이 가슴을 덮고 있었고, 금테 안경을 쓰고 있었는데 원래 안경알이 빠져 있었습니다. 그는 오랜 세월의 노동으로 눈이 약해져서 안경을 쓰게 되었다고 말했습니다.

피노키오는 재판관 앞에 서서 자신이 당한 절도 이야기를 한 마디 한 마디 자세하게 들려주었습니다. 피노키오는 도둑들의 이름과 신상을 밝히고 그들을 잡아 처벌해 줄 것을 간청했습니다.

재판관은 아주 인내심을 갖고 피노키오의 이야기를 경청했습니다. 그의 눈에는 다정한 빛이 가득했습니다. 그는 피노키오의 이야기에 매우 흥미를 느꼈고, 감동을 받았으며, 거의 울 뻔했습니다. 피노키오가 더 이상 말이 없자, 재판관은 손을 내밀어 초인종을 울렸습니다.

초인종 소리가 나자, 근위병 복장을 한 두 마리의 털이 짧고 덩

치가 큰 마스티프가 나타났습니다.

재판관은 피노키오를 가리키며 매우 엄숙한 목소리로 말했습니다.

"이 불쌍한 얼간이가 금화 네 개를 빼앗겼소. 그러니 잡아서 감옥에 처넣으시오."

피노키오는 이 판결을 듣자 완전히 멍해졌습니다. 피노키오가 항의하려 했지만, 두 간수가 그의 입을 틀어막고는 감옥으로 끌고 갔습니다.

피노키오는 감옥에서 길고 긴 4개월을 보내야 했습니다. 아주 운 좋은 기회가 없었다면, 아마도 더 오래 머물러 있어야 했을 지도 모릅니다. 바로 그때, 심플 시몬스 시를 다스리던 젊은 황제가 적에게 큰 승리를 거두었고, 이를 축하하기 위해 조명과 불꽃놀이, 온갖 종류의 축하 쇼를 명령했고, 무엇보다도 모든 감옥 문을 열고 도둑들을 풀어주라는 명령을 내렸기 때문입니다.

"다른 사람들이 나가니까 나도 나갈게요."

피노키오가 간수에게 말했습니다.

"너는 도둑이 아니야. 그러니까 너는 나갈 수 없……."

간수가 대답했습니다.

"죄송하지만, 저도 도둑이에요."

피노키오가 간수의 말을 가로채며 말했습니다.

"그렇다면 너도 나가도 돼."

간수가 말했습니다. 간수는 모자를 벗고 허리를 굽혀 예의 표시를 한 후 감옥 문을 열어주었습니다. 피노키오는 뒤도 돌아보지 않고 달려 나갔습니다.

CHAPTER 20
요정의 집으로 돌아가려는 피노키오

감옥에서 풀려난 피노키오는 요정에게 돌아가려고 길을 떠납니다. 하지만 도중에 뱀을 만나고, 나중에는 함정에 빠집니다.

피노키오가 자유를 찾은 행복을 상상해 보십시오! 피노키오는 바로 도시를 떠나 사랑스러운 요정의 집으로 돌아가는 길을 찾아 떠났습니다.

며칠 동안을 계속 비가 내려서 길은 너무 진흙투성이였기 때문에 피노키오는 때때로 무릎까지 푹푹 빠지는 진창이었습니다.

하지만 피노키오는 용감하게 계속 앞으로 나아갔습니다.

아빠와 파란 머리의 요정 누나를 보고 싶은 마음에 괴로워하던 그는 사냥개 그레이하운드처럼 빠르게 달려갔습니다. 달리는 동안 그의 모자까지 진흙투성이가 되었습니다.

"난 정말 불행을 많이 겪었지."

피노키오는 혼잣말로 중얼거렸습니다.

"하지만 난 모든 걸 다 받아들일 수 있어. 난 정말 고집 세고 멍청하거든! 난 언제나 내 마음대로 했어. 날 사랑하고 나보다 머리가 좋은 사람들의 말은 듣지 않고 말이야. 하지만 이제부터는 달라져서 아주 착하고 말 잘 듣는 아이가 되려고 노력할 거야. 말 안 듣는 아이들은 행복과는 거리가 멀고, 결국엔 항상 손해를 본다는 걸 알게 됐어. 그런데 아빠는 날 기다리고 있을까? 요정 집에서 아빠를 만날 수 있을까? 불쌍한 아빠, 아빠 본 지 너무 오래됐어. 아빠의 사랑과 입맞춤을 너무나 원하는데. 요정은 내가 저지른 모든 일을 용서해 줄까? 내게 그토록 잘해 주고 내 목숨을 구해준 요정인데……. 나보다 더 나쁘고 무정한 아이가 어디 있겠어?"

피노키오는 이렇게 중얼거리다가 갑자기 멈추고 겁에 질려 얼어붙었습니다.

무슨 일이 있었던 걸까? 거대한 뱀 한 마리가 길 건너편에 길게 뻗어 있었습니다. 밝은 녹색 피부에 이글거리는 빨간 눈, 그리고 굴뚝처럼 연기를 내뿜는 뾰족한 꼬리를 가진 뱀이었습니다.

가엾은 피노키오는 얼마나 겁에 질렸을 까요! 그는 미친 듯이 팔백 미터를 달려 돌아왔고, 마침내 자갈더미 위에 앉아 뱀이 떠나가 길을 열리기를 기다렸습니다.

피노키오는 한 시간, 두 시간, 세 시간을 기다렸습니다. 하지만

뱀은 언제나 꼼짝도 않고 그 자리에 있었습니다. 멀리서도 그의 빨간 눈이 번쩍이고 길고 뾰족한 꼬리에서 연기 기둥이 피어오르는 것을 볼 수 있었습니다.

피노키오는 용기를 내어 뱀에게 곧장 다가가 차분한 목소리로 말했습니다.

"죄송하지만, 뱀 아저씨. 제가 지나갈 수 있도록 옆으로 비켜주실 수 없나요?"

피노키오는 벽에 대고 말하는 것 같았습니다. 뱀은 결코 움직이지 않았습니다.

피노키오는 다시 한 번, 똑같은 차분한 목소리로 말했습니다.

"뱀 아저씨, 제가 아빠가 기다리고 계시는 집으로 가는 길이에요. 아빠 본 지 너무 오래되었어요! 제가 아빠를 보러 갈 수 있게 지나가도 괜찮겠죠?"

피노키오는 질문에 대한 답이 뱀에게서 나올 기미를 기다렸지만, 답은 나오지 않았습니다. 오히려 그때까지 활짝 깨어 활기가 넘치는 듯 보였던 녹색 뱀이 갑자기 조용해졌습니다. 눈을 감았고 꼬리에서 연기가 피어오르는 것도 멈췄습니다.

"죽었나?"

피노키오는 두 손을 비비며 기쁨에 겨워 말했습니다. 피노키오는 망설임 없이 뱀을 넘어 가려고 했지만, 그가 한쪽 다리를 막 들어 올리자마자 뱀이 용수철처럼 솟구쳐 오르는 게 아닌가! 피노키오는 너무 놀라 뒤로 넘어졌습니다. 피노키오는 너무 비틀거리면서 넘어졌기 때문에 머리가 진흙 속에 박혔고, 다리는 허공을 향해 쭉 뻗은 채 그대로 서 있었습니다. 마치 물구나무 서 있는 것처럼.

피노키오가 조그만 회오리바람처럼 발버둥 치고 꿈틀거리는 모습을 보고, 뱀은 너무나 크게, 오랫동안 웃다가 도대체 얼마나 웃어댔는지 마침내 가슴 속의 핏줄이 터져 그 자리에서 죽고 말았습니다.

피노키오는 어색한 물구나무 자세에서 벗어나 어두워지기 전에 요정의 집에 도착하기 위해 다시 달리기 시작했습니다. 달리는 동안 허기가 너무 심해져서 참을 수가 없었습니다. 마침 포도밭이 눈에 들어, 밭으로 뛰어들어 포도 몇 알을 따려고 했습니다.

그것이 피노키오에게 큰 불행을 가져왔습니다!

피노키오가 포도나무에 다다르자마자, '딱!'하고 그의 다리에 뭔가가 죄는 듯한 느낌을 받았습니다.

불쌍한 피노키오는 닭을 훔치러 매일 밤 찾아오는 족제비를 막기 위해 농부가 놓은 덫에 걸린 것이었습니다!

CHAPTER 21
닭장을 지키는 피노키오

피노키오는 농부에게 붙잡혀 닭장을 지키는 개 노릇을 하게 됩니다.

여러분도 상상할 수 있겠지만, 피노키오는 비명을 지르고 울고 애원하기 시작했습니다. 하지만 아무 소용이 없었습니다. 집도 보이지 않았고, 길에는 지나가는 사람도 없었기 때문입니다.

밤이 되었습니다.

피노키오는 다리를 조여 오는 통증과 들판의 어둠 속에 혼자 남겨진 것에 대한 두려움 때문에 기절할 것만 같았습니다. 그때 작은 반딧불이가 깜빡이며 지나가는 것을 보았습니다. 피노키오는 반딧불이를 부르며 말했습니다.

"사랑스러운 작은 반딧불이야, 나를 자유롭게 해 줄 수 있겠니?"

"불쌍한 꼬맹이! 어떻게 덫에 걸리게 된 거니?"

반딧불이가 피노키오를 불쌍하게 바라보며 대답했습니다.

"포도 몇 알을 따먹으려고, 이 포도밭에 들어섰는데……."

"그 포도가 네 거니?"

"아니."

"그럼, 누가 너에게 네 것이 아닌 물건을 가져가도 된다고 가르쳤니?"

"배가 고파서 그만……."

"배가 고프다고 해서 남의 것을 가져가도 된다는 것은 아니야."

"그래 맞아, 맞고말고! 다시는 그러지 않을 거야."

피노키오는 눈물을 흘리며 소리쳤습니다.

바로 그때, 뭔가가 조용히 다가오는 발소리에 반딧불이와의 대화가 중단되었습니다. 밭주인이 포도밭 끝으로 다가와 혹시 닭을 잡아먹던 족제비를 잡았는지 알아보려던 참이었습니다.

포도밭 주인은 등불을 들어 올려 족제비가 아닌 소년을 잡은 것을 보고 깜짝 놀랐습니다!

"아, 이 좀도둑놈! 네가 내 닭을 훔쳐간 놈이지?"

포도밭 주인이 화난 목소리로 말했습니다.

"아니! 전 아니에요! 난 다만 포도 알 몇 개만 따먹으려고 왔을 뿐이에요."

피노키오가 쓸쓸하게 흐느끼며 소리쳤습니다.

"포도를 훔친다면, 닭도 아주 쉽게 훔칠 수 있지. 네가 오랫동안 기억할 수 있도록 가르쳐주겠다."

포도밭 주인은 덫을 열고 피노키오의 목에 개 목줄을 걸고 마치 강아지처럼 집 안으로 끌고 갔습니다. 집 앞 마당에 다다르자 피노키오를 땅바닥에 내동댕이치고 목에 발을 올려놓고 아주 거칠게 말했습니다.

"지금은 시간이 늦었으니 잘 시간이야. 내일 이 문제를 해결하자. 그동안 우리 집을 지키던 개가 오늘 죽었으니, 네가 대신해서 우리 닭장을 지켜라."

포도밭 주인은 말보다 행동이 빠른 사람이었습니다. 피노키오의 목에 건 목줄이 풀어지지 않도록 단단히 조였습니다. 긴 쇠사슬이 목줄에 묶여 있었고, 쇠사슬의 반대쪽 끝은 벽에 못으로 단단히 박혀 있었습니다.

"오늘 밤 비가 온다면, 근처에 있는 작은 개집에서 자면 된다. 거기에는 푹신한 침대로 쓸 짚이 잔뜩 들어 있을 테니까. 불쌍한 멜람포가 3년 동안 썼으니까, 너한테도 충분할 거야. 그리고 혹시라도 도둑이 오면 크게 짖어라!"

포도밭 주인이 말했습니다.

이 마지막 경고를 하고는, 포도밭 주인은 집 안으로 들어가 문을 닫고 빗장을 걸었습니다.

불쌍한 피노키오는 추위와 배고픔, 그리고 겁에 질려 마치 죽은 사람처럼 개집에 바싹 붙어 웅크리고 있었습니다. 피노키오는 목이 거의 막힐 것 같은 목줄을 이리저리 잡아당기며 힘없는 목소리로 말했습니다.

"그래, 차라리 잘 된 거야! 잘 되고말고! 난 그저 딴따라에 방랑자였을 뿐이야. 누구에게도 순종한 적 없고, 항상 내 마음대로 했어. 만약 내가 다른 사람들처럼 열심히 공부하고, 열심히 일하고, 불쌍한 아빠 곁에 머물러 있었더라면, 지금 이 포도밭에서, 어둠 속에서 포도밭 주인의 파수꾼 노릇을 하고 있지는 않았을 텐데……. 아, 다시 태어날 수만 있다면! 하지만 한 번 저지른 일은 다시 되돌릴 수 없으니, 나는 참아야만 해!"

피노키오는 마음 깊은 곳에서 우러나온 이 진심어린 후회를 한 후, 개집에 들어가 잠들었습니다.

CHAPTER 22
족제비를 잡아 닭을 지킨 피노키오

피노키오는 닭을 도둑질하는 족제비들을 잡고, 시킨 일을 충실하게 해낸 보상으로 풀려납니다.

소년은 아무리 불행하더라도 걱정 때문에 잠을 자지 않는 법은 거의 없습니다. 피노키오도 예외는 아니었습니다. 자정이 다 되어갈 무렵 몇 시간 동안 평화롭게 단잠을 잤습니다. 그런데 갑자기 마당에서 들려오는 이상한 속삭임과 은밀한 소리에 피노키오는 잠이 깼습니다. 피노키오는 개집 밖으로 코를 내밀어 가늘고 털이 많은 네 마리의 동물을 보았습니다. 그들은 족제비였습니다. 계란과 닭을 아주 좋아하는 작은 동물이었습니다. 그들 중 한 마리가 동료들과 떨어져 개집 문으로 다가와서 조용하고 낮은 목소리로 말했습니다.

"안녕, 멜람포."

"난 멜람포가 아니야."

피노키오가 대답했습니다.

"그럼, 넌 누구니?"

"난 피노키오야."

"여기서 뭘 하고 있니?"

"감시하고 있어."

"그런데 멜람포는 어디 갔어? 이 집에 살던 늙은 개 말이야?"

"오늘 아침에 죽었어."

"죽었다고? 불쌍한 짐승! 정말 착했는데! 그래도 네 표정을 보니 너도 착한 개 같은데."

"미안하지만, 난 개가 아냐!"

"그럼, 넌 뭔데?"

"난 마리오네트야."

"감시하는 일을 대신하고 있는 거야?"

"어쩌다 보니, 난 지금 벌을 받고 있는 거야."

"좋아, 그럼 죽은 멜람포와 맺었던 것과 똑같은 조건을 너에게도 제시하지. 분명 만족할 거야."

"그 조건이란 게 뭔데?"

"우리들의 계획은 이래. 예전처럼 일주일에 한번 이 닭장에 들러서 닭 여덟 마리를 데려가는 거야. 그중 일곱 마리는 우리가 가져가고, 한 마리는 네가 갖는 거지. 물론 조건이 있지, 네가 자는 척하고 포도밭 주인을 향해 짖지 않는다는 조건 말이지."

"멜람포가 정말 그런 짓을 했어?"

피노키오가 물었습니다.

"그래. 덕분에 우리는 절친한 친구가 됐지. 넌 편하게 잠이나 자라고. 그리고 우리가 떠나기 전에 아침에 먹을 수 있도록 통통한 닭 한 마리를 준비해 놓을 테니 잊지 말고. 알겠지?"

"너무 잘 알겠어."

피노키오가 대답했습니다. 그리고 고개를 위협적으로 저으며, '얘들아, 이 문제에 대해서는 잠시 후에 이야기해 보자.'라고 말하는 듯했습니다.

족제비 네 마리는 이야기를 마치자마자 개집 근처에 있는 닭장으로 곧장 달려갔습니다. 이빨과 발톱으로 부지런히 파헤치며 작은 나무문을 열고 안으로 들어갔습니다. 하지만 네 마리 족제비가 모두 들어가자마자 문이 '쾅'하고 닫히는 소리가 들렸습니다.

문을 닫은 건 피노키오였습니다. 또한 피노키오는 무거운 돌멩이로 문을 열 수 없도록 단단히 막아버렸습니다. 그러고 나서 피노키오는 짖기 시작했습니다. 마치 진짜 감시견이라도 된 듯 짖었습니다.

"멍멍! 멍멍멍! 멍멍멍멍!"

농부는 요란한 짖는 소리를 듣고 침대에서 벌떡 일어났습니다. 그는 총을 들고 창가로 뛰어가 소리쳤습니다.

"무슨 일이야?"

"도둑이에요."

피노키오가 대답했습니다.

"어디 있어?"

"닭장 안에요."

"잠깐만 기다려. 금방 갈게."

농부는 눈 깜짝할 새에 마당으로 내려가 닭장을 향해 달려가고 있었습니다.

농부는 닭장 문을 열고 족제비들을 하나씩 꺼내 자루에 묶은 후, 기쁜 목소리로 말했습니다.

"드디어 너희들은 내 손에 잡혔구나! 지금 당장 너희를 벌할 수도 있지만, 기다려라! 내일 아침 네놈들을 여관 주인에게 넘겨줄 테니까. 거기서는 배고픈 인간들을 위해 너희들의 껍질을 벗기고 마치 토끼 요리를 하듯이 요리를 해서 맛있는 저녁꺼리로 만들어 버리겠지. 너희들에게는 너무나 큰 영광이지, 물론 너희에게는 그럴 자격이 없지만 말이다. 하지만 상관없다, 난 정말 친절하고 관대한 사람이니까!"

그리고는 농부는 피노키오에게 다가가 쓰다듬어 주면서 말했습니다.

"도둑이 온 걸 어떻게 그렇게 빨리 알아챘지? 게다가 멜람포, 내 충실한 멜람포가 그 긴 세월 동안 한 번도 그들을 본 적이 없다는 게 믿기지 않는구나!"

피노키오는 그 자리에서 개와 족제비 사이의 부끄러운 계약에 대해 아는 모든 것을 말할 수도 있었지만, 죽은 개를 떠올리며 속으로 생각했습니다.

'멜람포는 이미 죽었어. 그의 부끄러운 짓을 얘기해봐야 무슨 소용이 있겠어? 죽은 자들은 이미 떠났고, 스스로를 변명할 수도 없잖아. 차라리 조용히 내버려 두는 게 가장 좋을 것 같아!'

"도둑들이 왔을 때 깨어 있었니, 아니면 잠들어 있었니?"

농부가 계속해서 피노키오에게 물었습니다.

"잠이 들어 있었어요. 그런데 족제비들이 속삭이는 소리에 잠이 깼어요. 심지어 그중 한 마리가 개집 문 앞까지 와서는 '짖지 않겠다고 약속하면 아침 식사로 닭 한 마리를 선물로 주겠다.'고 했어요. 들었어요? 그들은 감히 내게 그런 제안을 했어요! 내가 많이 부족한 아주 못된 마리오네트이긴 하지만, 결코 도둑들의 뇌물을 받은 적이 없고 앞으로도 절대 받지 않을 거예요."

피노키오가 대답했습니다.

"잘했구나! 그런 마음을 갖고 있으니까 자랑스러운 일을 할 수 있었던 거야. 내가 얼마나 기뻐하는 지를 보여주기 위해 말하는데, 이제 이 순간부터 너는 자유로운 몸이야!"

농부가 다정하게 피노키오의 어깨를 툭 치며 말했습니다. 그리고 그는 피노키오의 목에서 개 목줄을 풀어주었습니다.

CHAPTER 23
바닷가로 간 피노키오

피노키오는 파란 머리의 요정이 죽었다는 소식을 듣고 울음을 터뜨립니다. 피노키오는 비둘기 한 마리를 만나 바닷가로 갑니다. 피노키오는 아버지를 구하기 위해 바다에 뛰어듭니다.

피노키오는 목에 걸린 개 목걸이의 부끄러운 무게를 더 이상 느끼지 않게 되자마자 들판과 초원을 가로질러 달리기 시작했습니다. 요정의 집으로 가는 큰길에 다다를 때까지 멈추지 않고 계속 달렸습니다.

큰길에 다다른 피노키오는 훨씬 아래쪽에 있는 계곡을 내려다 보았습니다. 피노키오가 여우와 고양이를 만났던 숲과 그가 목이 매달려 있던 키 큰 떡갈나무를 볼 수 있었습니다. 그러나 아무리 찾아봐도 파란 머리의 요정이 사는 작은 집은 찾을 수가 없었습니다.

피노키오는 몹시 슬픈 감정을 느꼈습니다. 피노키오는 온 힘을 다해 달려 얼마 지나지 않아 마침내 요정이 사는 작은 집이 있던 자리에 도착했습니다. 그렇지만, 작은 집은 더 이상 없었습니다. 그 자리에는 작은 대리석 판 하나가 놓여 있었고, 그 판에는 다음과 같은 슬픈 글이 새겨져 있었습니다.

동생 피노키오에게 버림받은

슬픔에 잠겨 죽은

파란 머리의 사랑스러운 요정

여기 잠들다.

불쌍한 피노키오는 이 글을 읽고 가슴이 무너져 내렸습니다. 피노키오는 땅에 쓰러져 차가운 대리석에 수없이 입맞춤을 하고 쓰라린 눈물을 터뜨렸습니다. 피노키오는 밤새도록 울었고, 새벽이 되어도 여전히 그 자리에 있었습니다. 다음날 아침 눈물은 이미 말라 있었고, 오직 거칠고 메마른 흐느끼는 소리만이 그의 나무 몸통을 흔들었습니다. 하지만 피노키오의 흐느낌이 어찌나 크던지 멀리 있는 산에까지 메아리를 쳤습니다.

피노키오는 흐느끼면서 혼잣말로 중얼거렸습니다.

"오, 나의 요정, 나의 사랑하는 요정, 왜 죽었어요? 나쁜 내가 죽지 않고, 왜 그렇게 착한 요정이 대신 죽었어요? 그런데 내 아빠는 어디 있나요? 사랑하는 요정, 제발 아빠가 어디 있는지 말해 주세요. 그러면 나는 다시는 아빠를 떠나지 않을 거예요! 요정은 정말 죽은 게 아니지요, 그렇죠? 날 사랑한다면, 예전처럼 다시 살아 돌아오세요. 내가 불쌍하지도 않나요? 너무 외로워요. 만약 두 도둑이 또다시 온다면, 난 그들에 의해 다시 거대한 떡갈나무에 매달릴 것이고, 이번에는 정말로 죽게 될 거예요. 세상에서 혼자 살아서 뭘 할 수 있을까요? 이제 요정도 죽고 아빠도 잃어버렸으니, 어디서 밥을 먹고 어디서 잠을 자야 할까요? 누가 내게 새 옷을 만들어 줄까요? 오, 나도 죽고 싶어요! 그래, 죽고 싶어! 흑, 흑, 흑!"

불쌍한 피노키오! 머리카락을 쥐어뜯고 싶었지만, 나무로 된 머리에만 그려져 있어서 뽑을 수도 없었습니다.

바로 그때 커다란 비둘기 한 마리가 그의 머리 위로 멀리 날아가고 있었습니다. 피노키오를 본 비둘기는 크게 외쳤습니다.

"얘야, 너는 거기서 뭘 하고 있니?"

"안 보여? 나 울고 있잖아."

피노키오는 목소리가 들리는 쪽으로 고개를 들고 소매로 눈을 비비며 소리쳤습니다.

"내게 말해줄래, 혹시 피노키오라는 이름의 마리오네트를 알고 있니?"

비둘기가 물었습니다.

"피노키오! 피노키오라고 했어? 아니, 그건 나야, 내가 피노키오야!"

피노키오가 벌떡 일어서며 대답했습니다.

이 대답에 비둘기는 재빨리 땅으로 내려앉았습니다. 비둘기는 칠면조보다 훨씬 더 컸습니다.

"그럼, 제페토 할아버지도 알겠네?"

"그분을 알지, 그분은 내 아빠야. 불쌍하고 사랑하는 아빠지! 혹시 아빠가 나에 대해 얘기한 적이 있니? 나를 아빠에게 데려다 줄 수 있니? 아빠는 아직 살아 계신거지? 제발 대답해 줘! 아빠가 아직 살아 계시냐고?"

"3일 전에 넓은 바닷가에서 만났지."

"아빠가 거기서 뭘 하고 계셨는데?"

"큰 바다를 건너기 위해 작은 배를 만들고 있었어. 그 불쌍한 할아버지는 지난 넉 달 동안 너를 찾기 위해서 온 유럽을 돌아다녔어. 어디서도 너를 찾을 수가 없어서, 지금은 바다 건너 저 멀리

낯선 신대륙에서 너를 찾기로 마음먹은 거야."

"여기서 바닷가까지 얼마나 먼데?"

피노키오가 걱정스러워하며 물었습니다.

"80킬로미터 이상이야."

"80킬로미터라고? 오, 사랑하는 비둘기야, 나에게도 네 날개가 있었으면 얼마나 좋을까!"

"네가 가고 싶다면, 내가 데려가줄게."

"어떻게?"

"내 등에 올라타. 너 많이 무겁니?"

"무겁다고? 전혀 아니야. 난 깃털처럼 가벼워."

"좋아."

피노키오는 더 이상 아무 말도 하지 않고 비둘기의 등에 뛰어올라 말을 타듯이 한쪽 다리는 이쪽에, 다른 쪽 다리는 저쪽에 걸치면서 자리를 잡고 즐겁게 소리쳤습니다.

"달려라, 달려, 내 예쁜 말아! 정말 서둘러야 한다."

비둘기는 날아올라 얼마 지나지 않아 구름 위에 도착했습니다. 피노키오는 아래에 무엇이 있는지 살펴보았습니다. 머리가 어지러웠고, 너무 무서워서 떨어지지 않으려고 깃털 달린 말의 목을 힘껏 움켜쥐었습니다.

그들은 하루 종일 날았습니다. 저녁 무렵에 비둘기가 말했습니다.

"너무 목마르다!"

"난 배가 너무 고파!"

피노키오가 말했습니다.

"저기 비둘기장에 잠깐 들러서 쉬었다 가자. 그러고 나서 다시 출발하면 내일 아침에 바닷가에 도착할 수 있을 거야."

그들은 텅 빈 비둘기장으로 들어갔습니다. 거기에는 물 한 그릇과 병아리 콩이 가득 든 작은 바구니 외에는 아무것도 없었습니다.

피노키오는 병아리 콩을 항상 싫어했습니다. 그의 말에 따르면 병아리 콩 때문에 항상 속이 메스꺼웠다고 합니다. 하지만 그날 밤 피노키오는 병아리 콩을 아주 맛있게 먹었습니다. 병아리 콩을 다 먹고 나서 그는 비둘기에게 돌아서서 말했습니다.

"병아리 콩이 이렇게 맛있다는 것은 미처 생각지도 못했어!"

"알아둘게 있어, 배고픔이 최고의 양념이라는 걸 꼭 기억해야 해!"

비둘기가 대답했습니다.

조금 더 쉬고 나서 그들은 다시 출발했습니다. 다음 날 아침, 그들은 바닷가에 도착했습니다.

피노키오는 비둘기 등에서 뛰어내렸고, 비둘기는 자신의 친절한 행동에 대한 감사의 인사를 듣고 싶지 않아서 재빨리 날아 놀라 사라졌습니다.

바닷가에는 사람들로 가득 차 있었습니다. 그들은 바다를 바라보며 소리를 지르기도 하고 머리카락을 쥐어뜯기도 하고 있었습니다.

"할머니, 무슨 일이에요?"

피노키오가 조그만 할머니에게 물었습니다.

"가엾은 늙은이! 얼마 전 외아들을 잃어버렸단다. 오늘 그는 아들을 찾아 바다를 건너려고 작은 배를 만들어서 바다를 건너 가고 있어요. 파도가 너무 거세서 배가 뒤집어져 그가 익사할까 봐 걱정이란다."

"그 작은 배는 어디에 있어요?"

"저기. 바로 저 아래에."

조그만 할머니가 바다에 떠 있는 호두 껍데기만 한 작은 그림자를 가리키며 대답했습니다.

피노키오는 잠시 주의 깊게 바라보더니 날카롭게 비명 소리를 질렀습니다.

"내 아빠야! 내 아빠라고요!"

그 사이에, 성난 파도에 흔들리는 작은 배는 파도 속에서 나타났다가 사라지기를 반복했습니다. 높은 바위 위에 서서 찾느라 지친 피노키오는 손과 모자, 심지어 코까지 흔들며 아빠에게 손을 흔들었습니다.

제페토 할아버지는 바닷가에서 아주 멀리 떨어져 있었지만 아들을 알아보는 듯 모자를 벗고 손을 흔들었습니다. 제페토 할아버지는 다시 돌아올 수만 있다면 돌아오겠다고 모두에게 알리려는 듯했지만, 파도가 너무 거세서 노를 젓는 것조차 불가능했습

니다. 그때 갑자기 큰 파도가 밀려오더니 배는 흔적도 없이 사라졌습니다.

사람들은 작은 배가 다시 떠오르기를 기다리고 또 기다렸지만, 두 번 다시 떠오르지 않았습니다.

"불쌍한 사람 같으니라고!"

바닷가에 있던 어부들이 집으로 돌아가면서 중얼거리며, 짧은 나지막한 목소리로 기도를 했습니다.

바로 그때 절박한 외침 소리가 들렸습니다. 어부들이 뒤돌아보니 피노키오가 바다로 뛰어들면서 이렇게 외치는 것을 들었던 것입니다.

"내가 아빠를 구할 거야! 내가 아빠를 구할 거야!"

피노키오는 마치 물고기처럼 거센 물살을 헤엄치며 부드럽게 떠다녔습니다. 피노키오는 이따금씩 사라졌다가 다시 나타났습니다. 눈 깜짝할 새에 육지에서 멀리 떨어져 있었습니다. 마침내 피노키오는 사람들의 시야에서 완전히 사라졌습니다.

"불쌍한 녀석!"

바닷가에 있던 어부들이 소리쳤습니다. 그들은 집으로 돌아가면서 다시 나지막한 목소리로 몇 마디 짧은 기도를 중얼거렸습니다.

CHAPTER 24

다시 요정을 만난 피노키오

피노키오는 '부지런한 벌들의 땅'에 도착해서 요정을 다시 만납니다.

피노키오는 아빠를 찾고, 제때 구출할 수 있다는 희망에 부풀어 밤새도록 헤엄쳤습니다.

정말 끔찍한 밤이었습니다! 비가 쏟아지고, 우박이 내리고, 천둥이 치고, 번개가 번쩍일 때는 밤이 낮으로 바뀐 것 같았습니다.

새벽녘, 피노키오는 멀지 않은 곳에 길게 펼쳐진 모래사장을 보았습니다. 바다 한가운데 있는 섬이었습니다.

피노키오는 그 섬에 가려고 온 힘을 다해 헤엄쳤지만, 갈 수가 없었습니다. 파도는 마치 나뭇가지나 지푸라기처럼 피노키오를 어슬렁거리며 흔들었습니다. 그런데 다행스럽게도, 엄청난 파도가 피노키오를 가고 싶어 하는 바로 그 섬 바닷가로 밀어냈습니다. 파도의 충격이 얼마나 센지 피노키오는 땅에 떨어지면서 관절이 금이 가고 거의 모든 뼈마디가 부러질 것만 같았습니다. 하지만 피노키오는 조금도 두려워하지 않고 벌떡 일어나 말했습니다.

"천만다행으로 살았다!"

조금씩 하늘이 맑아졌습니다. 해가 밝게 비추고 바다는 호수처럼 고요해졌습니다.

그러자 피노키오는 옷을 벗어 모래 위에 쫙 펼쳐 말렸습니다. 그는 혹시 아빠가 탄 배가 보이지 않을까 싶어 물 위를 살폈습니다. 그는 계속 찾았지만, 바다와 하늘, 그리고 멀리 새처럼 보이는 작은 돛 몇 개 외에는 아무것도 보이지 않았습니다.

"이 섬의 이름만이라도 알았더라면! 여기서 어떤 사람들을 만날 수 있을지 알 수만 있다면……. 아이를 커다란 나무의 나뭇가지에 매다는 그런 나쁜 사람만 없으면 좋을 텐데……. 하지만 아무도 없는데 누구에게 물어봐야 할까?"

피노키오는 혼잣말로 중얼거렸습니다.

피노키오는 이렇게 외딴 곳에 있다는 생각에 너무 슬퍼서 울 뻔했지만, 그때 근처에서 큰 물고기 한 마리가 머리를 물 밖으로 내밀고 헤엄치는 것을 보았습니다.

피노키오는 그 물고기를 뭐라고 불러야 할지 모르고 물고기에게 말했습니다.

"안녕하세요, 물고기님. 잠깐 한 말씀만 물어봐도 될까요?"

"원한다면 두 말씀도 괜찮아."

매우 예의 발라 보이는 물고기인 돌고래가 대답했습니다.

"이 섬에는 내가 잡아먹히지 않고도 먹을 것을 나눠줄 수 있는 마을이 있는지 알려줄 수 있어요?"

"물론 있지. 사실, 이곳에서 멀지 않은 곳에 마을이 하나 있거든."

돌고래가 대답했습니다.

"어떻게 거기까지 갈 수 있나요?"

"왼쪽으로 난 오솔길로 가서 그 길을 쭉 따라가면 돼. 절대 길을 잃어버리는 일은 없을 거야."

"한 가지만 더 물어볼게요. 돌고래님은 밤낮으로 바다를 여기저기 다니시니까, 혹시 우리 아빠가 탄 작은 배를 보지 못하셨나요?"

"네 아빠가 누군데?"

"세상에서 가장 좋은 아빠예요. 하지만 난 세상에서 가장 나쁜 아들이고요."

돌고래가 대답했습니다.

"어젯밤 폭풍우가 너무 심해서 작은 배라면 아마도 가라앉았을 텐데."

"그럼, 제 아빠는요?"

"이때쯤이면, 아마도 끔찍한 바다 괴물에게 잡아먹혔을 거야. 지난 며칠 동안 이 바다에 무시무시한 바다 괴물이 나타나서 닥치는 대로 잡아먹었다고 하더라고."

"그 바다 괴물은 얼마나 커요?"

피노키오는 두려움에 떨기 시작하며 물었습니다.

"얼마나 크냐고? 크기가 어느 정도인지 가늠하자면, 5층 건물보다 크고, 입은 너무 크고 깊어서 기차와 기관차 한 대가 쉽게 들어갈 수 있을 정도야."

돌고래가 대답했습니다.

"맙소사!"

피노키오가 겁에 질려 소리쳤습니다. 피노키오는 재빨리 옷을 입고 돌고래에게 돌아서서 말했습니다.

"안녕히 계세요, 물고기님. 실례가 많았습니다. 그리고 친절하게 대답해 주셔서 너무 감사드립니다."

그러고 나서 피노키오는 매우 빠른 걸음으로 길을 따라갔기 때문에 마치 날아가는 것 같았습니다. 작은 소리가 들릴 때마다 두려움에 떨려 돌아서서 키가 5층이나 되고 입에 기차를 물고 있는 무서운 바다 괴물이 자신을 따라오는지 살폈습니다.

30분 정도 걸어가니, '부지런한 벌들의 땅'이라는 작은 시골 마을에 도착했습니다. 거리는 분주하게 일하러 뛰어다니는 사람들로 가득했습니다. 모두들 일하고, 각자 할 일이 있었습니다. 눈에 불을 켜고 찾아봐도 빈둥거리는 사람이나 부랑자는 단 한 명도 찾아볼 수 없었습니다.

"알겠어요. 여기는 내가 있을 곳이 아니에요! 난 일하기 위해 태어난 게 아니거든요."

피노키오가 지친 목소리로 말했습니다.

하지만 그러는 동안 피노키오는 배가 고프기 시작했습니다. 밥을 먹은 지 24시간이나 지났기 때문입니다. 어떻게 해야 할까요? 피노키오가 먹을 것을 구하는 방법은 두 가지뿐이었습니다. 일을 하거나 구걸을 하는 것입니다.

피노키오는 구걸하는 건 너무 부끄러웠습니다. 아빠가 항상 구걸은 병자나 노인만 해야 한다고 말씀하셨기 때문입니다. 아빠는 이 세상에서 우리의 연민과 도움을 받을 만한 진정한 가난뱅이는 나이와 병으로 스스로 생계를 꾸려갈 수 없는 사람들뿐이라고 말씀하셨습니다. 그 외의 다른 사람들은 모두 일을 해야 합니다. 만약 그들이 일을 하지 않고 굶주리게 된다면, 그 사람은 너무나 한심한 사람이라고······.

바로 그때, 땀을 하염없이 흘리는 한 남자가 석탄이 가득 든 두 개의 무거운 수레를 힘겹게 끌고 지나갔습니다.

피노키오는 그를 바라보며, 그의 외모로 보아 친절한 사람이라고 판단하고, 부끄러워서 눈을 내리깔고 그에게 말했습니다.

"배가 고파서 기운이 하나도 없어요, 한 푼만 보태주세요?"

"한 푼도 줄 수 없어. 그렇지만 네가 이 마차 두 대를 끄는 걸 도와준다면 네 푼을 주도록 하지."

석탄 장수가 대답했습니다.

"뭐라고요! 나는 당나귀가 아니에요. 마차를 끌어 본 적도 없어요!"

피노키오가 매우 화가 나서 대답했습니다.

"그래, 참 잘 될 거다! 그럼, 얘야, 정말 배고파서 쓰러질 것 같으면 네 자랑거리나 두 조각 먹어라. 소화불량에 걸리지 않기를 바라마."

석탄 장수가 대답했습니다.

잠시 후, 벽돌공 한 명이 어깨에 석고가 가득 든 양동이를 메고 지나갔습니다.

"신사 분, 너무 배고파서 하품만 하고 있는 가난한 소년에게 한 푼만 줍쇼?"

"기꺼이 주고말고. 나와 함께 석고 좀 같이 나르렴. 그러면 1페니 아니 5페니를 주지."

"하지만 석고는 너무 무거워요. 그리고 그 일은 제게 너무 힘들어요."

피노키오가 대답했습니다.

"그 일이 너에게 너무 힘들다면, 하품이나 실컷 해라. 그리고 하품이 너에게 행운을 가져다주기를!"

30분도 채 되지 않아 적어도 20명이나 되는 사람이 지나갔고, 피노키오는 그들 모두에게 간청했지만 그들 모두 대답은 한결같이 다음과 같았습니다.

"부끄럽지도 않니? 길거리에서 거지 노릇이나 하지 말고, 차라리 일자리를 구해라. 그래서 네 스스로 벌어서 빵을 먹는 건 어떠니?"

마침내, 한 여인이 물이 가득 든 항아리 두 개를 들고 지나갔습니다.

"착한 여인이여, 당신의 항아리에 있는 물을 한 모금 마시게 해 주실 수 있을까요?"

피노키오는 목이 말라서 물었습니다.

"기꺼이!"

그녀는 대답하며 두 개의 항아리를 피노키오의 앞바닥에 내려놓았습니다.

피노키오는 허겁지겁 배불리 마시고 나서 입을 닦으며 투덜거렸습니다.

"이제 목마른 건 사라졌는데, 배고픈 걸 쉽게 없앨 수만 있다면……."

이 말을 들은 착한 여인은 즉시 이렇게 말했습니다.

"이 항아리들을 집까지 운반하는 걸 도와준다면, 빵 한 조각을 줄게."

피노키오는 항아리를 보고 '예'도 '아니요'도 말하지 않았습니다.

"그리고 빵과 함께 소스를 곁들인 꽃양배추 요리도 줄게."

피노키오는 항아리를 다시 한 번 쳐다보고는 '예'도 '아니요'도 말하지 않았습니다.

"꽃양배추 요리를 먹고 나면, 케이크와 잼도 줄게."

이 마지막 유혹에 피노키오는 더 이상 버틸 수 없어서 단호하게 말했습니다.

"좋아요. 그 항아리들을 집으로 가져가 드릴게요."

항아리는 무척 무거웠습니다. 피노키오는 손으로 항아리를 옮길 만큼 힘이 세지 않아서 항아리를 머리에 이고 가야 했습니다.

집에 도착하자, 착한 여인은 피노키오를 작은 탁자에 앉히고 빵과 꽃양배추, 케이크와 잼을 그 앞에 차려주었습니다. 피노키오는 차려진 음식을 게걸스럽게 먹어 치웠습니다. 피노키오의 뱃속은 밑바닥이 보이지 않는 커다란 구덩이 같았습니다.

이제야 허기가 가라앉자, 피노키오는 고개를 들어 친절한 은인에게 감사의 인사를 했습니다. 하지만 소녀를 바라다본 순간 깜짝 놀라 비명을 지르고는 눈을 크게 뜨고 포크를 하늘로 치켜든 채 빵과 꽃양배추로 입을 가득 채운 채 멍하니 앉아 있었습니다.

"왜 그렇게 놀라니?"

착한 여인이 웃으며 물었습니다.

"왜냐하면, …… 어, 아가씬…아가씬…, 똑같은 목소리, 똑같은 눈, 똑같은 머리카락. 맞아요, 맞아, 맞다고요, 아가씨는 그녀가 가졌던 것과 똑같은 파란 머리카락을 가지고 있잖아…오, 요정, 나의 작은 요정! 요정이라고 말해 줘요! 더 이상 날 울리지 마요! 내가 얼마나 많이 울었고! 내가 얼마나 고생했는지……."

피노키오가 말을 더듬으며 대답했습니다.

피노키오는 그만 울음을 터뜨렸습니다. 피노키오는 바닥에 무릎을 꿇고 신비한 여인의 무릎을 껴안았습니다.

CHAPTER 25

요정에게 착하게 살겠다고
약속하는 피노키오

피노키오는 마리오네트로 사는데 지쳐서 요정에게 착하게 살고 공부도 열심히 하겠다고 약속하면서, 진짜 소년이 되고 싶다고 말합니다.

피노키오가 너무 오랜 동안 울면, 녹아내릴 것 같아서, 요정은 마침내 자신이 파란 머리의 요정이라고 털어놓습니다.

"이 말썽꾸러기 마리오네트! 내가 누군지 어떻게 알았니?"

요정이 웃으며 물었습니다.

"난 요정님을 너무 사랑하니까요."

"기억나? 네가 나를 떠났을 때, 나는 어렸었는데. 이제는 어엿한 어른이 되었지. 이제 난 너무 늙어서 네 누나라기보다는 네 엄마가 될 수도 있을 것 같아!"

"정말 기뻐요. 이제 누나라고 부르지 않고 엄마라고 부를 게요. 나도 오랫동안 다른 남자아이들처럼 엄마가 있었으면 좋겠다고 생각했어요. 그런데 어떻게 그렇게 빨리 어른이 될 수 있었어요?"

"그건 비밀이야!"

"말해 주세요. 나도 좀 더 크고 싶어요. 날 봐요! 난 1페니짜리 조그만 치즈보다 더 크게 자란 적이 없어요."

"하지만 너는 자랄 수가 없단다."

요정이 대답했습니다.

"아니, 왜요?"

"마리오네트는 절대 자라지 않으니까. 마리오네트로 태어나, 마리오네트로 살고, 마리오네트로 죽는 거야."

"아, 난 항상 마리오네트로 지내는 게 지겨워요! 이제 나도 다른 아이들처럼 진짜 사람이 되고 싶어요."

피노키오가 소리쳤습니다.

"네가 그럴 만한 자격이 있다면 그렇게 될 거야……."

"정말요? 제가 뭘 어떻게 하면 그럴 자격이 있는 거죠?"

"아주 간단 하단다. 항상 예의 바른 아이처럼 행동하도록 노력하는 거야."

"내가 그렇지 않다고 생각하세요?"

"그렇지! 착한 아이들은 말을 잘 듣는데, 너는 그 반대……."

"나는 결코 말을 잘 듣지 않아요."

"착한 아이들은 공부도 열심히 하고 일도 열심히 하는 걸 좋아하는데, 너는……."

"나는 반대로 게으른 사람이고 일 년 내내 빈둥거리고 돌아 다녀요."

"착한 아이는 항상 진실만을 말하는데, 너는…….'

"나는 항상 거짓말을 해요."

"착한 아이는 즐거운 마음으로 기꺼이 학교에 가는데, 너는……."

"나는 학교에만 가면 몸이 근질근질하고 좀이 쑤셔요. 하지만 이제부터는 달라질 거예요."

"약속하는 거야?"

"약속해요. 착한 아이가 되어 아빠를 기쁘게 해 드리고 싶어요. 불쌍한 아빠는 지금 어디 계시나요?"

"나도 모르지."

"내게 행운이 따라서 아빠를 다시 만나 껴안을 수 있을까요?"

"틀림없이 그렇게 될 거야."

이 대답에 피노키오는 너무나 기뻐서 요정의 손을 꼭 잡고 정신없이 세게 입을 맞췄습니다. 그러고는 얼굴을 들고 요정을 사랑스럽게 바라보며 물었습니다.

"말해 주세요, 엄마. 전에 엄마가 죽었다는 게 사실이 아니지요?"

"아마도 그렇지 않을 거야."

요정이 미소를 지으며 대답했습니다.

"내가 '여기에 잠들다'라는 글을 읽었을 때 얼마나 괴로워하고 울었는지 아세요?"

"안단다. 그래서 널 용서했어. 네 슬픔이 얼마나 깊은지 보니 네가 얼마나 따뜻한 마음을 가지고 있는지 알 수 있었어. 비록 너처럼 장난꾸러기일지라도, 그런 마음을 가진 아이들에게는 언제나 희망이 있어. 그래서 널 찾으러 이렇게 멀리까지 온 게 아니겠니? 이제부터는 네 엄마가 되어줄게."

"오! 참 멋져요!"

피노키오는 너무나 기뻐서 펄쩍 뛰어오르며 소리를 질렀습니다.

"피노키오, 넌 언제나 내 말을 잘 듣고 내가 하라는 대로 할 거지?"

"기꺼이, 매우 기쁘게, 그렇게 할 거예요!"

"그럼, 내일부터 매일 학교에 가는 거다."

요정이 말했습니다.

피노키오의 얼굴이 약간 굳어졌습니다.

"그리고, 네가 가장 좋아할만한 일이나 기술들을 배우는 거야."

피노키오는 더욱 진지해졌습니다.

"무슨 소리를 중얼거리고 있는 거니?"

요정이 물었습니다.

"그냥 말했을 뿐이에요. 이제 학교에 가기엔 너무 늦은 것 같아서요."

피노키오가 속삭이듯이 징징거렸습니다.

"아니야. 뭔가를 배우는 데는 너무 늦은 때는 없다는 걸 꼭 기억해야 해."

"하지만, 전 일이나 기술 둘 다 배우고 싶지 않아요."

"왜지?"

"일은 나를 지치게 하거든요!"

"피노키오야, 너처럼 말하는 사람들은 보통 감옥이나 병원에서 생을 마감하게 된단다. 부자든 가난하든, 사람은 이 세상에서 뭔가 해야 한다는 걸 꼭 기억해라. 일 없이는 행복을 찾을 수 없단다. 게으름은 심각한 병이니까 즉시 고쳐야 해. 그래, 어릴 때부터라도. 어른이 되어서는 고칠 수가 없단다. 결국 죽게 될 거야."

요정이 말했습니다.

이 말에 피노키오는 마음이 움직였습니다. 그는 요정에게 눈을 들어 진지하게 말했습니다.

"일할 거예요. 공부도 할 거예요. 시키는 대로 할 거예요. 마리오네트 생활이 너무 지겨워져서 아무리 힘들어도 진짜 남자아이가 되고 싶어요. 약속할 수 있지요?"

"그럼, 약속하고말고. 이제부터는 너한테 달려 있단다."

CHAPTER 26

무시무시한 바다 괴물을 보러 바닷가로 출발

피노키오는 친구들과 함께 무시무시한 바다 괴물을 보러 바닷가로 갑니다.

다음날 아침 일찍 피노키오는 학교에 갔습니다.

피노키오가 교실에 들어오는 것을 보고 소년들이 뭐라고 했을지 상상해 보세요! 소년들은 얼마나 깔깔거리고 웃었는지 눈물까지 흘리는 소년이 있을 지경이었습니다. 모든 소년들이 피노키오에게 장난을 쳤습니다. 한 명은 피노키오의 모자를 벗기고, 다른 한 명은 코트를 잡아당기고, 또 다른 한 명은 코 밑에 콧수염을 그리려고 했습니다. 심지어 어떤 한 명은 피노키오의 발과 손을 끈으로 묶어서 춤을 추게 하려고까지 했습니다.

한동안 피노키오는 아주 차분하고 잘 참고 있었습니다. 하지

만 끝내는 모든 인내심을 잃고, 자신을 가장 심하게 괴롭히는 소년을 무섭게 노려보면서 위협적으로 말했습니다.

"애들아, 조심해. 난 너희들에게 놀림 받으려고 학교에 온 게 아니야. 난 너희를 존중할 거니까, 너희들도 나를 존중해 줬으면 좋겠어."

"오! 아주 똑똑한 박사 만세! 마치 책에 있는 것처럼 말했잖아!"

소년들이 폭소를 터뜨리며 소리쳤습니다. 그중 한 명은 다른 소년들보다 더 뻔뻔스럽게도 손을 내밀어 피노키오의 코를 잡으려고 했습니다.

하지만 그 소년의 동작은 너무 느려서, 피노키오는 탁자 밑으로 다리를 뻗어 그 소년의 정강이를 세게 걷어찼습니다.

"아야! 발이 너무 딱딱하잖아!"

소년이 피노키오가 걷어차서 멍든 자신의 다리를 손으로 문지르며 소리쳤습니다.

"팔꿈치가 뭐 이래! 발보다도 더 딱딱하잖아!"

피노키오에게 짓궂은 장난을 쳤다가 팔꿈치로 배를 한 대 맞은 또 다른 소년이 소리쳤습니다.

발길질과 팔꿈치의 일격으로 피노키오는 모든 소년들의 호감을 샀습니다. 모두가 그를 존중하고, 춤을 추고, 쓰다듬고 어루만졌습니다.

어느덧, 일주일이 지나자 선생님도 피노키오를 칭찬했습니다. 선생님은 피노키오가 주의 깊고, 열심히 일하고, 늘 깨어 있고, 아침에는 항상 가장 먼저 학교에 오고, 학교가 끝나면 가장 늦게까지 학교에 남아 있는 것을 보았기 때문입니다.

피노키오의 유일한 결점은 어울리는 친구가 너무 많다는 것이었습니다. 그중에는 공부에는 전혀 관심이 없는, 나쁜 짓만 일삼는 유명한 개구쟁이들도 많았습니다.

선생님은 매일 피노키오에게 주의를 주었고, 착한 요정조차도 피노키오에게 여러 번 되풀이해서 말해주었습니다.

"조심해, 피노키오! 나쁜 친구들과 어울리다보면 언젠간 너의 공부에 대한 열정이 식어버릴지도 몰라. 그리고 너를 잘못된 길로 인도할지도 모른단다."

"그런 위험은 없어요."

피노키오가 어깨를 으쓱하며, 검지손가락으로 이마를 가리키며 말했습니다.

"나는 너무 현명하거든요."

어느 날, 피노키오가 학교로 걸어가던 중, 몇몇 소년들을 만났습니다. 소년들 중 하나가 피노키오에게 달려와서 말했습니다.

"소식 들었어?"

"무슨 소식?"

"산만큼 큰 바다 괴물이 바닷가 근처에 나타났대."

"정말? 혹시 우리 아빠가 물에 빠졌을 때 나타났던 바다 괴물이 아닐까?"

"우린 보러 갈 건데, 너는?"

"안 돼, 난 학교에 가야 해."

"학교가 뭐 그렇게 중요해? 내일 가도 돼. 수업을 받아봤자 어차피 우리는 멍청이야."

"선생님이 뭐라고 하실 텐데?"

"그냥 말하게 내버려 둬. 하루 종일 불평만 하면서 돈 버는 놈이니까."

"그럼, 우리 엄마는?"

"엄마들은 아무것도 몰라."

그 장난꾸러기들이 대답했습니다.

"내가 어떻게 해야 할지 알아? 나도 그 바다 괴물을 보고 싶어. 하지만 난 학교 끝나고 갈 거야. 그때도 지금처럼 볼 수 있으니까."

피노키오가 말했습니다.

"불쌍한 얼간이 같으니라고! 그렇게 큰 바다 괴물이 거기 서서 널 기다릴 거라고 생각해? 휙 돌아서 가버리면, 아무것도 보지 못할 걸."

소년 중 한 명이 소리쳤습니다.

"여기서 바닷가까지 얼마나 걸려?"

피노키오가 물었습니다.

"갔다가 돌아오는 데 한 시간 밖에 안 걸려."

"좋아! 먼저 도착하는 사람이 이기는 거다!"

피노키오가 소리쳤습니다.

출발 신호가 울리자, 팔에 책을 끼고 들판을 가로질러 달려가는 작은 무리가 있었습니다. 피노키오가 앞장서서 마치 날개를

단 듯 달렸고, 다른 무리들도 빠르게 피노키오를 뒤따랐습니다.

피노키오는 이따금씩 뒤를 돌아보며, 무리들이 덥고 지쳐서 혀를 내밀고 뛰고 있는 모습을 보고는 큰 소리로 웃었습니다. 불쌍한 피노키오! 그때 자신의 약속을 저버렸기 때문에 앞으로 벌어질 무섭고 끔찍한 일들을 겪게 될 것을 전혀 알지 못했습니다.

CHAPTER 27

경찰관에게 붙잡혀가는 피노키오

피노키오와 친구들 사이에 치열한 싸움이 벌어집니다. 한 명이 다치고, 피노키오는 경찰관에게 붙잡혀갑니다.

피노키오는 바람처럼 빠르게 달려 바닷가에 도착했습니다. 그런데 사방을 둘러보았지만 바다 괴물은 보이지 않았습니다. 바다는 커다란 유리처럼 아주 잔잔했습니다.

"얘들아, 바다 괴물은 어디 있니?"

피노키오는 친구들을 돌아보며 물었습니다.

"아마 아침을 먹으러 나갔을 거야."

친구들 중 한 명이 웃으며 말했습니다.

"아니면, 잠깐 낮잠을 자려고 갔을지도 모르지."

또 다른 친구도 더 크게 웃으며 말했습니다.

소년들의 대답과 그 뒤를 이은 웃음소리를 듣고 피노키오는 소년들이 자기에게 장난을 쳤다는 것을 이제야 깨달았습니다.

"이제 어쩌지? 도대체 산만큼 큰 바다 괴물이 바닷가 근처에 나타났다는 거짓말을 해서 너희들이 얻는 게 뭐니?"

피노키오는 화가 나서 친구들에게 말했습니다.

"아, 거짓말로 얻는 게 당연히 있지!"

괴롭히는 소년들이 그 어느 때보다 크게 웃으며 피노키오 주위를 즐겁게 춤추며 소리쳤습니다.

"그게 뭔데?"

"우리 때문에 학교 못 가게 한 거지. 넌 즐거움이 하나도 없는 학교에 날마다 가서 그렇게 착하고 공부 열심히 하는 게 부끄럽지도 않니?"

"내가 공부하는 게 너희들과 무슨 상관이야?"

"선생님이 우리를 어떻게 생각하시는지 알고 있니?"

"어떻게 생각하시는데?"

"몰라? 네가 공부하는데 우리가 안 하면 우리는 선생님의 눈

밖에 나서 우리를 싫어하게 되잖아. 우리에게도 자존심이 있어."

"그래서 내가 뭘 어떻게 하길 바라는 거야?"

"우리 모두가 그렇게 하듯이 학교, 책, 선생님을 싫어하는 거야. 그것들은 너에게는 최악의 적이고, 너를 아주 불행하게 만들고 싶어 하거든."

"내가 계속 공부한다면, 나한테 뭘 어떻게 할 건데?"

"대가를 치르게 할 거야!"

"정말 재밌네."

피노키오가 고개를 끄덕이며 대답했습니다.

"이봐, 피노키오. 그걸로 됐어. 네 잘난 척은 이제 지긋지긋해, 이 작은 칠면조 새끼야! 네가 우리를 무서워하지 않을지는 몰라도, 우리도 널 무서워하지 않는다는 걸 기억해! 넌 지금 혼자잖아. 우리는 일곱이야."

친구들 가운데 가장 키가 큰 녀석이 피노키오 앞으로 다가서면서 소리쳤습니다.

"별 볼일 없는 일곱 명!"

피노키오는 여전히 웃으며 말했습니다.

"얘들아, 들었어? 우리 모두를 모욕했어. 우리를 보고 별 볼일 없다고!"

"피노키오, 당장 사과해. 그렇지 않으면 조심해야 할 거야!"

"뻐꾹!"

피노키오가 엄지손가락으로 자기 코끝을 가리키며 그들을 놀렸습니다.

"후회하게 될 거야!"

"뻐꾹!"

"당나귀 채찍질 하듯이 때려눕혀주겠어!"

"뻐꾹!"

"너는 코가 부러진 채로 집에 가게 될 거야!"

"뻐꾹!"

"좋아! 오늘 저녁으로 이거나 가져가서 먹어라."

피노키오를 괴롭히는 소년들 중에서 가장 대담한 소년이 소리쳤습니다.

그리고 그는 그 말과 함께 피노키오의 머리에 주먹을 날렸습니다.

피노키오도 또한 그에게 주먹 한 방을 날렸고, 그것이 싸움의 시작을 알리는 신호였습니다. 잠시 후, 서로 격렬한 싸움이 벌어졌습니다.

피노키오는 혼자였지만 용감하게 자신을 방어했습니다. 나무로 된 두 발로 얼마나 빨리 움직였는지, 상대방과 적당한 거리를 유지했습니다. 피노키오의 발이 어디를 때리든지 그곳에는 고통스러운 흔적을 남겼고, 소년들은 그저 도망치며 울부짖을 뿐이었습니다.

피노키오와 가까이서 싸울 수 없다는 사실을 깨닫고 화가 난 소년들은 온갖 책들을 피노키오에게 던지기 시작했습니다. 독서,

지리, 역사, 문법책들이 사방으로 날아다녔습니다. 하지만 피노키오는 예리한 눈썰미와 민첩하게 움직여서 책들은 머리 위로 스쳐 지나가 바다에 떨어져 사라졌습니다.

물고기들은 먹을 만할 것 같다는 생각에 떼를 지어 물 위로 올라왔습니다. 어떤 물고기는 살짝 뜯어 먹고, 어떤 물고기는 한 입 베어 물었지만, 한두 페이지도 맛보지 못하고 씁쓸한 표정으로 뱉어냈습니다. 마치 이렇게 말하는 듯했습니다.

"정말 끔찍한 맛이야! 우리가 먹을 수 있는 음식이 아니야!"

그러는 동안 싸움은 점점 더 격렬해졌습니다. 그 소리에 맞춰 커다란 게 한 마리가 물속에서 천천히 기어 나와 감기에 걸린 트롬본처럼 큰 목소리로 외쳤습니다.

"싸움 그만해, 이 말썽꾸러기들아! 싸우면 좋을 게 하나도 없다고. 너희들한테 곧 불행이 닥칠 거야!"

불쌍한 게! 차라리 바람에게 말을 건넨 게가 나았을 텐데. 피노키오는 게의 좋은 충고를 듣는 대신, 게에게 돌아서서 아주 거칠게 말했습니다.

"조용히 해, 못생긴 게야! 감기 좀 낫게 하려면 기침약 몇 알 씹어 먹는 게 나을 거야. 자고 일어나면! 내일 아침 기분이 좋아질 거야."

그동안 책을 다 던져버린 소년들은 주위를 둘러보았습니다. 피노키오의 책 꾸러미가 근처에 있는 것을 보고, 재빠르게 그것을 손에 넣었습니다.

　책 중 하나는 아주 두꺼운 책이었는데, 가죽으로 두꺼운 표지가 있는 수학 책이었습니다. 그 책은 피노키오의 자랑이었습니다. 피노키오는 모든 책 중에서 그 책을 가장 좋아했습니다.
　한 소년이 그 책을 꽉 잡고 온 힘을 다해 피노키오의 머리를 향해 던졌습니다. 하지만 책은 피노키오는 맞추지 못하고 다른 소년이 맞았습니다. 그 소년은 유령처럼 얼굴이 창백해져서 소리치며 정신을 잃고 바닥에 쓰러졌습니다.

"아, 엄마, 도와줘! 죽을 것 같아!"

정신을 잃고 바닥에 쓰러진 소년을 본 다른 소년들은 너무 놀라 걸음아 날 살려라 하는듯 꼬리를 내리고 달아났습니다. 잠시 후, 이곳에는 소년들이 모두 사라지고 아무도 없었습니다. 피노키오만 빼고. 무슨 일이 일어났는지 몰라 죽을 만큼 무서웠지만, 피노키오는 바닷가로 달려가 시원한 물에 손수건을 적셔 정신을 잃은 가엾은 작은 친구의 머리를 씻겨 주었습니다. 피노키오는 몹시 흐느끼며 그 작은 친구의 이름을 부르며 말했습니다.

"유진! 내 불쌍한 유진! 눈을 뜨고 나를 봐! 대답 좀 해봐? 널 때린 건 내가 아니야. 믿어, 내가 한 게 아니라고. 유진, 눈을 뜨라고? 눈을 감으면 나도 죽을 것 같아. 아, 세상에, 이제 어떻게 집에 갈 수 있을까? 어떻게 다시 우리 엄마를 볼 수 있을까? 난 어떻게 될까? 어디로 가야 할까? 어디에 숨어야 할까? 학교에 갔더라면 얼마나 좋았을까, 천 배는 더 좋았을텐데! 왜 그 애들 말을 들었을까? 걔네들은 항상 내게 나쁜 영향을 끼쳤어! 선생님이 나한테, 그리고 우리 엄마도! '나쁜 친구들을 조심해!'라고 하셨는데! 선생님 말씀이 맞았어. 하지만 난 고집 세고 거만해. 남의 말은 듣지만, 언제나 내 마음대로 하지. 그리고는 벌을 받는 거야. 태어난 이후로 한순간도 제대로 생활을 해 본 적이 없어! 아, 세상에! 난 뭐가 되려는 걸까? 난 도대체 뭐가 되려는 거지?"

피노키오는 계속 울고 신음하며 자신의 머리를 때렸습니다. 작은 친구의 이름을 몇 번이고 불렀는데, 갑자기 어디선가 무거운 발소리가 다가오는 것이 들렸습니다.

피노키오가 고개를 들어 가까이에 키 큰 경찰관 두 명이 서 있는 것을 보았습니다.

"땅에 엎드려서 뭘 하고 있니?"

그들 중 한 경찰관이 피노키오에게 물었습니다.

"학교 친구를 도와주고 있어요."

"어디 아프니?"

"네."

"이 아이의 관자놀이에 상처가 있네. 누가 이렇게 한 거니?"

경찰관 중 한 명이 유진을 바라보며 몸을 숙였습니다.

"전 아니에요."

피노키오는 숨이 넘어갈 것만 같은 목소리로 더듬거리며 말했습니다.

"네가 아니라면, 누가 이렇게 한 거니?"

"전 아니에요."

피노키오가 되풀이해서 말했습니다.

"무엇으로 이렇게 상처가 난 거니?"

"이 책이요."

피노키오는 수학 책을 집어 들고 경찰관에게 보여주었습니다.

"이 책은 누구 꺼니?"

"제 책이에요."

"됐어."

"더 이상은 아무 말도 하지 마라! 일어나서 우리와 함께 가자."

"하지만, 전……"

"우리를 따라와라!"

"하지만, 전 결백해요."

"우리를 따라오라고!"

출발하기 전에, 경찰관은 배를 타고 지나가던 어부 몇 명을 불러서 이렇게 말했습니다.

"다친 이 작은 친구를 잘 돌봐주세요. 집으로 데려가서 상처도 치료해주시구요. 내일 우리가 그를 데리러 오겠습니다."

경찰관들은 피노키오를 붙잡아 그들 사이에 세우고 거친 목소리로 말했습니다.

"빨리 가! 안 그러면 너한테 더 큰 손해가 돌아갈 거야!"

경찰관들은 다시 말을 반복할 필요가 없었습니다. 피노키오는 마을로 향하는 길을 따라 빠르게 걸어갔습니다. 하지만 불쌍한 피노키오는 자신에게 무슨 일이 일어났는지 거의 알지 못했습니다. 마치 악몽을 꾼 것만 같았습니다. 속이 아주 메스꺼웠습니다. 모든 것이 두 배로 더 크게 보였고, 다리는 떨렸으며, 혀는 바싹 말라서, 아무리 애를 써도 한마디도 말을 할 수가 없었습니다. 하지만 이렇게 감각이 마비된 상태에서도, 피노키오는 착한 작은 요정의 집 창문 아래를 지나갈 생각에 몹시 괴로웠습니다. 요정이 두 경찰관 사이에 있는 자기를 보면 뭐라고 말할지?

경찰관들과 피노키오가 마을에 도착했을 때, 갑자기 돌풍이 불어 피노키오의 모자가 날아가 거리 저 멀리 날아갔습니다.

피노키오는 경찰관들에게 물었습니다.

"내 모자를 쫓아가도 주워 와도 괜찮을까요?"

"좋아, 하지만 빨리 와라."

피노키오는 모자를 집어 들었습니다. 하지만 모자를 머리에 쓰는 대신 입으로 꽉 물고는 바다를 향해 재빠르게 달려갔습니다.

피노키오는 총알처럼 사라졌습니다.

경찰관들은 피노키오를 따라잡기가 아주 어려울 것이라고 판단하고, 모든 개 경주에서 1등을 차지한 덩치 큰 마스티프 한 마리를 풀어 쫓아가도록 보냈습니다.

피노키오도 빨리 달렸지만, 개는 그보다 더 빨리 달렸습니다. 시끄러운 소음에 사람들은 창밖으로 몸을 내밀거나 거리에 모여 그 경주의 끝을 보려고 기다렸습니다. 하지만 그들은 곧 실망했습니다. 개와 피노키오가 길에 희뿌연 흙먼지를 너무 많이 일으켜 잠시 후에는 그들을 전혀 알아 볼 수 없었기 때문입니다.

CHAPTER 28
프라이팬에 튀겨질 위험에 처한 피노키오

피노키오는 쫓아오던 알리도로의 생명을 구해줍니다. 피노키오는 어부의 그물에 잡혀 프라이팬에 튀겨질 운명에 처합니다.

그 격렬한 추격전이 벌어지는 동안, 피노키오는 거의 길을 잃었다고 자책하는 끔찍한 순간을 겪었습니다. 바로 그때, 알리도로(마스티프의 이름)가 미친 듯이 달려가 피노키오에게 닿을 만큼 가까이 다가왔습니다.

피노키오는 바로 뒤에서 자신을 쫓아오는 알리도로의 헐떡이는 숨소리를 들렸고, 가끔은 알리도로의 뜨거운 숨결이 자신을 스쳐 지나가는 것을 느낄 정도였습니다.

다행히도 이때쯤 피노키오는 바닷가에 아주 가까이 있었고 바다가 보였습니다. 사실, 불과 몇 걸음 떨어진 곳에 바다가 있었습니다.

피노키오는 바닷가에 발을 내딛자마자 펄쩍 뛰어 물속으로 빠졌습니다. 알리도로는 멈추려고 했지만 너무 빨리 달려서 멈출 수가 없었고, 결국 알리도로도 바다 속으로 풍덩 빠지고 말았습니다. 이상하게도 개는 헤엄을 칠 줄 몰랐습니다. 발로 물을 쳐서 몸을 지탱하려 했지만, 더 세게 할수록 더 깊이 가라앉았습니다. 다시 고개를 내밀자, 불쌍한 개는 눈이 튀어나와 미친 듯이 소리쳤습니다.

"나 빠져 들어간다! 내가 물속으로 빠져 들어간다!"

"빠져라!"

멀찍이 서 있던 피노키오가 물속에서 빠져나와 기뻐하며 소리쳤습니다.

"도와줘, 피노키오, 사랑하는 피노키오! 제발 나를 구해 줘!"

알리도로의 고통스러운 울부짖음에, 본래 마음씨가 따뜻한 피노키오는 동정심이 움직였습니다. 피노키오는 불쌍한 알리도로에게 돌아서서 말했습니다.

"하지만 내가 너를 구해준다면, 다시는 나를 쫓아다니며 괴롭히지 않겠다고 약속해 줄래?"

"약속해! 약속한다고! 빨리 구해 줘. 1초라도 더 머뭇거리면 난 죽을 것만 같아!"

피노키오는 잠시 더 망설였습니다. 그러다 아버지가 '착한 일을 하면 절대로 손해 보는 일은 없다.'고 자주 말씀하셨던 게 생각나 알리도로에게 헤엄쳐 가서 그의 꼬리를 잡고 바닷가로 끌어냈습니다.

불쌍한 알리도로는 너무 힘이 없어서 서 있을 수도 없었습니다. 소금물을 너무 많이 삼켜서 몸이 풍선처럼 크게 부풀어 올랐습니다. 하지만 피노키오는 그를 너무 믿는 건 좋지 않을 수 있다고 생각해 다시 바다 속으로 몸을 던졌습니다. 그리고는 바닷가에서 점점 멀리 헤엄쳐 나가면서 소리쳤습니다.

"잘 가, 알리도로. 행운을 빌어. 내 가족들에게 나의 안부를 전해 줘!"

"잘 가, 피노키오. 나를 죽음에서 구해 줘서 정말 고마워. 넌 내게 좋은 일을 해줬어, 이 세상에서는 베푼 만큼 반드시 그에 맞는 보답을 받게 되어 있어. 다시 만날 기회가 온다면, 그때 반드시 만나서 다시 이야기를 하자."

알리도로가 대답했습니다.

피노키오는 바닷가 가까이로 헤엄쳐 갔습니다. 마침내 안전한 곳에 도착했다고 생각한 피노키오는 바닷가 위아래로 훑어보다가 동굴 입구를 발견했습니다. 그 안에서 연기가 소용돌이치며 피어오르는 것을 보았습니다.

"저 동굴 안에는 불이 있나보다. 그러면 더 좋겠는데. 옷을 말리고 몸을 녹이고 나서, 음……."

피노키오는 혼잣말로 중얼거렸습니다.

피노키오는 생각을 굳히고 바위로 헤엄쳐 갔지만, 바위 위로 올라가려던 순간, 발밑에서 무언가가 자신을 점점 더 높이 들어 올리는 것을 느꼈습니다. 피노키오는 도망치려고 했지만 이미 늦었습니다. 안타깝게도, 피노키오는 온갖 크기와 종류의 물고기 떼들과 함께 거대한 그물에 갇혔습니다. 물고기들은 필사적으로 빠져나가려고 몸부림치며 싸우고 있었습니다.

동시에 피노키오는 동굴에서 어부가 나오는 것을 보았습니다. 피노키오는 어부가 바다 괴물인 줄 알 정도로 아주 험상궂고 못생긴 어부였습니다. 머리카락 대신 머리에는 녹색 풀이 무성하게 돋아나 있었습니다. 피부도 녹색이었고, 눈도 녹색이었으며, 발끝까지 내려오는 길고 긴 수염도 녹색이었습니다. 그는 마치 다리와 팔이 달린 거대한 도마뱀 같았습니다.

녹색 어부는 바다에서 그물을 끌어올리면서 기쁨에 넘쳐 이렇게 외쳤습니다.

"신이시여! 다시 한 번 맛있는 물고기 요리를 맛볼 수 있겠습니다!"

"다행이야, 난 물고기가 아니니까!"

피노키오는 이렇게 말을 하며 약간의 용기가 났습니다.

녹색 어부는 그물과 물고기를 어둡고 음침하며 연기 자욱한 동굴로 가져갔습니다. 동굴 한가운데서 기름이 가득 담긴 커다란 프라이팬이 연기 자욱한 불 위에서 지글지글 끓고 있었으며, 역겨운 동물성 기름 냄새가 코를 찔렀습니다.

"자, 오늘은 어떤 물고기를 잡았는지 보자."

녹색 어부가 말했습니다. 그는 삽만 한 커다란 손을 그물에 넣어 숭어 한 줌을 건져 올렸습니다.

"정말 맛 좋은 숭어들이군!"

녹색 어부는 숭어들을 바라보며 기분 좋게 냄새를 맡고 나서 말했습니다. 그러고 나서 숭어들을 크고 빈 통에 던져 넣었습니다.

녹색 어부는 이 동작을 여러 번 반복했습니다. 그물에서 물고기를 하나하나 꺼낼 때마다, 맛있는 저녁이 다가올 거라는 생각에 입 안에 침이 가득 들어찼습니다. 녹색 어부는 이렇게 말했습니다.

"정말 맛있는 물고기예요, 농어!"

"정말 맛있어요, 흰 살 송어!"

"맛있는 가자미예요!"

"정말 멋진 게들이로군요!"

"그리고 이 귀여운 작은 멸치들은 머리가 그대로 붙어 있네요!"

여러분들도 짐작하시겠지만, 농어, 흰 살 송어, 가자미, 게, 심지어 작은 멸치까지 모두 함께 통에 들어가 숭어와 뒤섞였습니다. 마지막으로 그물에서 나온 것은 피노키오였습니다.

녹색 어부가 피노키오를 끄집어내자마자 그의 녹색 눈이 놀라움으로 크게 번쩍 뜨였고, 그는 두려움에 떨며 소리쳤습니다.

"이건 무슨 생선이지? 이런 걸 먹어본 기억이 없는데?"

어부는 피노키오를 주의 깊게 살펴보고, 이리저리 뒤집어 보더니 마침내 이렇게 말했습니다.

"알겠어. 분명 바다 게일 거야!"

피노키오는 자신을 게라고 생각하는 것에 몹시 화가 나서 말했습니다.

"말도 안 돼! 정말 게 같으니라고! 난 그런 게가 아니야. 날 바닷물고기처럼 대하면 안 돼요! 난 마리오네트라고요!"

"마리오네트? 알겠는데, 마리오네트 물고기는 나에게는 완전히 새로운 종류의 물고기야. 그러니 오히려 더 좋지. 더 맛있게 먹어 드리지."

"날 먹어? 아직도 내가 물고기가 아니라는 걸 몰라요? 내가 당신처럼 말하고 생각하는 걸 못 알아들어요?"

"그렇지. 하지만 너는 물고기이고, 나처럼 말하고 생각할 수 있다는 걸 알았으니, 나는 너에게 특별한 존경심을 갖고 대해줄게."

녹색 어부가 대답했습니다.

"특별한 존경심……?"

"나의 특별한 존경심의 표시로, 어떤 방식으로 요리할지는 너에게 맡기겠다. 프라이팬에 튀겨 먹을까? 아니면 냄비에 넣고 토마토소스에 곁들여 먹을까?"

"솔직히 말해, 내가 선택할 수만 있다면, 날 차라리 자유롭게 풀어줘서 집으로 돌아가게 해줘요!"

피노키오가 대답했습니다.

"말도 안 돼! 내가 이렇게 귀한 생선을 맛볼 기회를 놓치고 싶어 할 것 같아? 마리오네트 물고기를 잡는 것은 이 바다에 흔치 않은 일이야. 나한테 맡겨. 다른 녀석들과 함께 프라이팬에 튀겨줄게. 분명 너도 좋아할 거야. 다른 물고기들과 함께 튀겨진다는 건 아무래도 좋은 위로가 될 거야."

이 말을 들은 운이 없는 피노키오는 울부짖으며 애원하듯이 말하기 시작했습니다. 뺨에는 눈물이 주르르 흘러내렸습니다.

"학교에 갔으면 얼마나 좋았을까! 친구들 말을 듣고 따라다녔다가, 이제 와서 그 대가를 치르는구나! 흑! 흑! 흑!"

피노키오는 뱀장어처럼 몸부림치며 어부에게서 벗어나려고 애를 썼지만, 녹색 어부는 굵은 끈을 가져다가 피노키오의 손과 발을 햄 덩어리처럼 묶은 다음, 다른 물고기들과 함께 통에 던졌습니다.

그리고 나서 녹색 어부는 찬장에서 밀가루가 가득 든 나무 그릇을 꺼내 물고기들을 하나씩 그 안에 굴리기 시작했습니다. 물고기들이 밀가루를 뒤집어쓰고 하얗게 변하자 그는 물고기들을 프라이팬에 던졌습니다. 뜨거운 기름 속에서 가장 먼저 춤을 추는 것은 숭어였고, 그 다음은 농어, 그 다음은 흰 살 송어, 가자미, 그리고 멸치 순이었습니다. 마지막으로 피노키오의 차례가 왔습니다. 죽음이 (그리고 끔찍한 죽음이!) 눈앞에 다가온 것을 깨달은 피노키오는 두려움에 떨기 시작했고, 살려달라고 애원할 목소리조차 나오지 않았습니다.

불쌍한 피노키오는 눈으로만 애원했습니다. 하지만 녹색 어부는 피노키오를 밀가루 반죽에 여러 번 굴렸습니다. 머리부터 발끝까지 온통 밀가루를 뒤집어 쓴 피노키오는 마치 분필로 만든 마리오네트처럼 보였습니다.

그리고 나서 녹색 어부는 피노키오의 머리를 잡고…….

CHAPTER 29
요정의 집으로 돌아온 피노키오

피노키오는 요정의 집으로 돌아가고, 요정은 내일이면 피노키오가 마리오네트가 아닌 진짜 남자아이가 될 거라고 약속합니다. 이 기쁜 일을 축하하기 위해 커피 우유를 곁들인 멋진 축하 파티가 열립니다.

녹색 어부에게 머리를 잡힌 피노키오는 구원받지 못하고 프라이팬에 던져져 튀겨질 것을 알았습니다. 피노키오는 눈을 감고 마지막 순간을 기다렸습니다.

그런데 갑자기, 끓는 기름 냄새에 이끌린 큰 개 한 마리가 동굴 안으로 달려 들어왔습니다.

"나가!"

녹색 어부는 밀가루로 온통 뒤덮인 피노키오를 붙잡은 채, 개

를 보며 위협적으로 소리쳤습니다.

하지만 불쌍한 개는 몹시 배가 고팠는지, 징징거리며 꼬리를 흔들며 이렇게 말하는 것 같았습니다.

'생선 한 입만 주세요. 그러면 조용히 나갈게요.'

"나가라고 했잖아!"

녹색 어부가 되풀이해서 말했습니다. 그리고는 발을 뒤로 빼어 개에게 발길질을 했습니다.

그러자 배가 너무 고파 거부할 수 없었던 개는 분노에 차 어부에게 돌아서서 무시무시한 송곳니를 드러냈습니다. 바로 그때, 동굴 안에서 가엾고 작은 목소리가 들려왔습니다.

"알리도로, 날 살려줘. 안 그러면 난 튀겨질 거야!"

개는 피노키오의 목소리를 바로 알아들었습니다. 녹색 어부가 손에 쥐고 있던 밀가루로 온통 뒤덮인 밀가루 덩어리에서 피노키오의 목소리가 나왔다는 사실에 개는 깜짝 놀랐습니다.

그러자 그 개는 어떻게 했을까요? 개는 한 번 크게 뛰어올라 그 밀가루 덩어리를 입에 물고는 이를 악물고 바닥을 박차고 뛰어 올라 동굴 밖으로 순식간에 사라졌습니다!

녹색 어부는 코앞에서 먹이를 빼앗긴 것을 보고 화가 나서 개를 쫓아갔지만 심한 기침이 나서 동굴로 다시 돌아올 수밖에 없었습니다.

그 사이에 알리도로는 마을로 이어지는 길을 발견하자마자 멈춰 서서 피노키오를 살며시 땅에 내려놓았습니다.

"정말 고마워!"

피노키오가 말했습니다.

"그럴 필요 없어, 네가 나를 한 번 구해줬고, 베풀면 반드시 보답을 받는다고 했잖아. 세상은 서로를 도와가며 살아가는 거야."

알리도로가 대답했습니다.

"그런데 어떻게 그 동굴까지 들어오게 된 거야?"

"내가 바닷가 모래사장에 죽은 듯이 누워 있는데, 갑자기 어디선가 생선 튀김 냄새가 코를 찌르는 거야. 그 냄새에 취해 배가 고파져서 따라가게 된 거지. 아, 조금만 더 늦었더라면!"

"그만 해. 그만 하라고! 네가 조금만 늦게 왔더라면, 지금쯤 난 튀겨지고, 먹히고, 소화되었을 거야. 으으으! 생각만 해도 소름이 끼쳐!"

피노키오는 여전히 두려움에 벌벌 떨며 울부짖듯이 말했습니다.

알리도로는 웃으며 피노키오에게 앞발을 내밀었고, 피노키오는 알리도로의 앞발을 힘껏 흔들며 이제 개가 좋은 친구가 된 것 같았습니다. 그리고는 그들은 서로 작별 인사를 했고, 개는 집으로 돌아갔습니다.

홀로 남겨진 피노키오는 근처의 작은 오두막으로 걸어갔습니다. 거기에는 한 할아버지가 문 앞에 앉아 햇볕을 쬐고 있었습니다. 그 할아버지에게 피노키오가 물었습니다.

"할아버지, 머리에 상처가 난 유진이라는 불쌍한 소년을 혹시 보신 적이 있나요?"

"있지, 어부들이 그 소년을 이 오두막으로 데리고 왔지 지금은……."

"죽었나요?"

피노키오가 할아버지의 말을 가로채며 슬프게 말했습니다.

"아니, 그 소년은 살아있고, 이미 자기 집으로 돌아갔어."

"정말? 정말로요?"

피노키오가 기뻐서 뛰어다니며 소리쳤습니다.

"그럼, 상처는 심하지 않은 거군요?"

"그렇지만 그랬을 수도 있어. 심지어 죽을 수도 있었어. 무거운 책이 그의 머리를 때렸으니까."

할아버지가 대답했습니다.

"그걸 누가 던진 거예요?"

"그의 학교 친구인 피노키오라는……."

"피노키오가 누군데요?"

피노키오는 모르는 척하며 물었습니다.

"장난꾸러기에, 떠돌이, 거리의 부랑아라고들 하던데……."

"헛소리! 모두 헛소리예요!"

"넌 피노키오를 아는가 보구나?"

"만나는 봤어요!"

피노키오가 대답했습니다.

"그럼, 넌 그 애를 어떻게 생각하는데?"

할아버지가 물었습니다.

"제 생각에는 공부도 열심히 하고, 어른들의 말을 잘 듣고, 아빠와 온 가족에게 아주 착한 아들인 것 같아요."

피노키오는 자신에 대해 온갖 거짓말을 늘어놓으며 코를 만져보았습니다. 역시나 코가 원래 길이보다 두 배는 더 길어졌습니다. 피노키오는 겁에 질려 정신없이 소리를 질렀습니다.

"내 말이 틀렸어요, 할아버지! 내가 한 말들은 모두 다 사실이 아니에요. 난 피노키오를 잘 알아요. 그는 정말 못되고 게으르고, 어른들 말을 안 듣는 말썽꾸러기 녀석이에요. 학교에 가는 대신 친구들과 함께 놀려고 도망치는 그런 나쁜 녀석이지요."

피노키오가 이렇게 말을 하자 코가 줄어들더니 원래의 크기로 돌아왔습니다.

"그런데, 도대체 네 몸은 왜 그렇게 하얀 거니?"

문득 할아버지가 물었습니다.

"나도 모르게 새로 하얗게 칠한 벽에 몸을 비벼댔어요."

피노키오는 또 거짓말을 했습니다. 프라이팬에 튀겨질 뻔했다는 사실이 부끄러웠기 때문입니다.

"코트, 모자, 바지는 어떻게 된 거니?"

"도둑들을 만나서 제 물건을 모두 빼앗겼어요. 혹시, 제가 집에 돌아갈 수 있게 작은 옷이라도 주실 수 있나요?"

"얘야, 옷이라고는 곡식을 넣어두는 자루 하나뿐이란다. 이거라도 괜찮다면 가져가거라. 여기 있단다."

피노키오는 바로 그 곡식 자루를 집어 들었습니다. 마침 옆에 있던 가위를 집어 들고, 윗부분에 큰 구멍을 하나, 양옆에 두 개를 낸 후, 마치 셔츠를 입듯이 몸을 넣었습니다. 가뿐한 옷차림을 마련한 피노키오는 마을을 향해 걸어갔습니다.

피노키오는 길을 가는 동안 마음이 매우 불편했습니다. 사실 피노키오는 너무도 불행해서 발이 떨어지지 않아 두 걸음 앞으로 갔다가, 한 걸음 뒤로 물러나며 걸었습니다. 피노키오는 걸어가면서 혼잣말로 중얼거렸습니다.

"이 꼴로 내 착한 요정님을 어떻게 볼 수 있을까? 나를 보면 뭐라고 하실까? 두 번씩이나 거짓말을 한 나를 용서해 줄까? 분명 용서해 주지 않으실 거야. 아니, 절대로 날 용서해 주지 않으실 거야. 그리고 언제나처럼, 모든 게 다 내 책임이야! 난 말썽꾸러기야. 늘 잘 하겠다고 약속을 해놓고서는 결코 한 번도 지키는 않았잖아!"

피노키오는 늦은 밤이 되어서야 마을에 도착했습니다. 너무 어두워서 아무것도 볼 수가 없었고, 비가 억수같이 쏟아지고 있었습니다.

피노키오는 요정의 집으로 곧장 가서 문을 두드리기로 결심했습니다.

피노키오는 요정의 집에 도착했을 때, 용기기 나지 않아 몇 걸음 뒤로 물러섰습니다. 두 번째로 문에 다다랐을 때 그는 다시 또 뒤로 달아났습니다. 세 번째에도 같은 행동을 반복했습니다. 네 번째로, 용기를 조금 내어 문고리를 잡고 조심스럽게 문고리를 두드렸습니다.

피노키오는 기다리고, 기다리고, 또 기다렸습니다. 마침내 30분쯤 지나서 꼭대기 층 창문(집은 4층이었습니다)이 열리고 피노키오는 커다란 달팽이가 밖을 내다보는 것을 보았습니다. 달팽이 머리 위에서 작은 불빛이 빛났습니다.

"이 늦은 시간에 누가 문을 두드리는 거야?"

달팽이가 소리쳤습니다.

"요정님이 집에 계신가요?"

피노키오가 물었습니다.

"요정은 지금 잠들었어. 잠잘 때는 방해받고 싶어 하지 않아. 그런데 넌 누구니?"

"나예요."

"나라니?"

"피노키오."

"피노키오가 누군데?"

"마리오네트, 요정님 집에 함께 살던."

"아, 알겠다. 잠깐만 기다려. 내가 내려가서 문을 열어줄게."

"서둘러주세요. 추워요, 감기 걸려 죽겠어요."

"애야, 나는 달팽이란다. 달팽이는 결코 서두르지 않아."

한 시간, 두 시간이 지났지만 문은 여전히 열리지 않고 있었습니다. 차가운 빗방울에 추위와 두려움에 떨던 피노키오는 다시 두 번째로 문을 두드렸습니다. 이번에는 전보다 더 큰 소리로 두드렸습니다.

두 번째로 문을 두드리는 소리와 함께 3층 창문이 열리고 아까 그 달팽이가 밖을 내다보았습니다.

"사랑하는 작은 달팽이야. 너를 두 시간이나 기다렸어! 이렇게 끔찍한 밤에 두 시간은 2년만큼이나 길다고. 빨리 내려와, 제발!"

피노키오가 거리에서 소리쳤습니다.

"애야!"

달팽이가 차분하고 부드러운 목소리로 대답했습니다.

"나는 달팽이야. 달팽이는 절대 서두르지 않아."

그리고는 다시 창문이 닫혔습니다.

몇 분 후 자정이 되었고, 시간이 빨리 지나가 어느 덧 1시, 2시가 되었습니다. 그런데 문은 여전히 열리지 않고 있었습니다.

그러자 피노키오는 더 이상 참지 못하고 두 손으로 문고리를 꽉 잡았습니다. 모든 집과 거리를 깨우겠다는 굳은 결심을 했습니다. 하지만 피노키오가 문고리를 만지자마자 문고리는 뱀장어로 변해 어둠 속으로 사라져 버렸습니다.

"뭐지? 문고리가 없어졌네, 그래도 발로 찰 수는 있어."

피노키오가 분노에 눈이 멀어 소리쳤습니다.

피노키오는 뒤로 물러나 문을 아주 진지하게 냅다 발로 찼습니다. 발이 문을 뚫고 지나갈 정도로 세게 발로 차서 다리가 거의 무릎까지 문을 뚫고 들어갔습니다. 아무리 발을 잡아당겨도 문에서 빼낼 수가 없었다. 마치 문에 못이 박힌 듯 그대로 멈춰서 발이 끼어 있었습니다.

불쌍한 피노키오! 밤새도록 한쪽 발은 문 밖에 있고 다른 쪽 발은 문 안쪽 공중에 떠 있는 채로 있어야 했습니다.

다음날 동이 트기 시작하자 마침내 문이 열렸습니다. 그 용감한 작은 동물, 달팽이는 4층에서 문을 열고 거리까지 나오는데 정확히 9시간이나 걸렸습니다. 얼마나 빨리 달렸을까요?

"문에 발을 넣고 뭐 하는 거니?"

달팽이가 웃으며 피노키오에게 물었습니다.

"내가 사고를 쳤어요. 예쁜 달팽이야, 이 끔찍한 고통에서 나를

좀 도와주지 않을래요?"

"애야, 목수가 필요할 것 같은데, 나는 목수 일을 해본 적이 없단다."

"요정님에게 도와달라고 해줘요!"

"요정님은 주무신다니까. 잠들어 있을 때 깨우면 싫어하신다고."

"하지만 문에 이렇게 못 박혀 있는 나는 어떻게 하라고요?"

"정 심신하면 지나가는 개미들의 숫자를 세어보렴. 시간을 때우는데 그만한 재미가 없지."

"그럼, 제발 먹을 것이라도 좀 가져다주세요. 배가 너무 고파서 기운이 하나도 없어요."

"빨리 갖다 줄게!"

세 시간 반이 지난 후, 피노키오는 달팽이가 은쟁반을 머리에 쓰고 돌아오는 것을 보았습니다. 쟁반 위에는 빵 한 조각, 구운 닭고기 한 마리, 잘 익은 살구 네 알이 놓여 있었습니다.

"요정님이 보내주신 아침 식사야."

달팽이가 말했습니다.

이 쟁반 위의 아침 식사꺼리를 보자, 피노키오는 기분이 훨씬 나아졌습니다.

하지만 음식을 맛보려고 하니 빵은 분필로 만들어졌고, 닭고기는 골판지로 만들어졌으며, 빛나는 살구는 색깔 있는 분필로 만들어졌다는 것을 알았습니다. 피노키오의 실망은 이루 말할 수 없었습니다!

피노키오는 울고 싶었습니다. 자포자기의 심정으로, 쟁반은 물론 그 위에 놓인 가짜 음식들을 모두 내던지고 싶었습니다. 하지만 고통 때문인지, 아니면 약해졌는지, 그는 바닥에 쓰러져 정신을 잃고 말았습니다.

피노키오가 다시 정신을 차렸을 때, 몸은 소파에 누워 있었고 요정이 바로 옆에 앉아 있었습니다.

"이번에도 용서해 줄게."

요정이 피노키오에게 말했습니다.

"앞으로 다시는 나쁜 짓 하지 않도록 해."

피노키오는 공부도 열심히 하고 예의 바르게 행동하겠다고 약속했습니다. 그리고 피노키오는 남은 한 해 동안 약속을 잘 지켰습니다. 마침내 피노키오는 모든 시험에서 1등으로 합격했고, 성적도 너무 좋아서 요정이 기뻐하며 말했습니다.

"내일 너의 소원이 이루어질 거야."

"그게 무슨 말이에요?"

"내일이면 너는 마리오네트가 아니라 진짜 소년이 된다는 거야."

피노키오는 너무나 기뻐서 어쩔 줄 몰라 했습니다. 이 기쁜 소식을 축하하기 위해 다음날 학교 친구들을 모두 초대하기로 했습니다! 또한 요정은 커피 우유를 200잔, 식빵의 양면에 버터를 바른 샌드위치 400조각을 준비해 주겠다고 약속했습니다.

그날은 매우 즐겁고 행복한 날이 될 것 같았지만…….

불행하게도 피노키오의 삶에는 항상 모든 것을 망칠 수 있는 '하지만'이라는 말이 따라다닙니다.

CHAPTER 30
램프 심지와 장난감 나라로 가는 피노키오

피노키오는 진짜 소년이 되는 대신 친구 램프 심지와 함께 장난감 나라로……

마침내, 요정의 말에 들뜬 피노키오는 초대장을 나눠주게 해 달라고 부탁했습니다.

"그래, 내일 파티에 친구들을 초대해도 돼. 다만 어두워지기 전에 꼭 집에 돌아와야 해. 알겠지?"

"한 시간 안에 꼭 돌아올게요."

피노키오가 대답했습니다.

"조심해, 피노키오! 남자아이들은 약속을 쉽게 하지만, 그만큼 쉽게 어기거든."

"하지만, 저는 다른 사람들과 달라요. 저는 약속을 하면 꼭 지키거든요."

"두고 보면 알겠지. 만약 네가 약속을 어긴다면, 다른 누구도 아닌 네가 고통 받을 거야."

"왜요?"

"어른들의 말을 듣지 않는 소년들은 언제나 불행을 겪기 마련이거든."

"물론이죠. 하지만 지금부터는 잘 따를게요."

피노키오가 말했습니다.

"그래, 네가 정말 잘 따르는지 두고 볼게."

피노키오는 아무 말 없이 착한 요정에게 작별 인사를 하고, 노래하고 춤을 추며 집을 나섰습니다.

한 시간 남짓 지나지 않아 그의 친구들이 모두 초대되었습니다. 어떤 친구들은 빠르게 기꺼이 수락했고, 어떤 친구들은 설득해야만 했지만, 식빵의 양면에 버터를 발라준다는 말을 듣자 모두 '너를 축하해 주러 갈게.'라는 말로 초대를 수락했습니다.

피노키오에게는 모든 친구들 가운데 가장 사랑하는 친구가 한 명 있었습니다. 그 소년의 진짜 이름은 로미오였지만, 모두가 그를 '램프 심지'라고 불렀습니다. 키가 크고 말랐으며, 쓸쓸해 보이는 인상 때문에 붙여진 별명이었습니다.

램프 심지는 학교에서 가장 게으른 소년이자 가장 장난꾸러기였지만, 피노키오는 그를 가장 사랑했습니다.

피노키오는 램프 심지를 파티에 초대하기 위해 바로 친구 집으로 갔지만, 램프 심지는 집에 없었습니다. 그는 두 번째, 그리고 다시 세 번째로 방문해 봤지만, 여전히 친구를 볼 수가 없었습니다.

램프 심지는 도대체 어디에 있을까? 피노키오는 여기저기를 뒤지다가 마침내 농부의 마차 근처에 숨어 있는 램프 심지를 발견했습니다.

"너 거기서 뭐 하니?"

피노키오가 램프 심지에게 물었습니다.

"자정이 되기를 기다리고 있어. 그 시간이 되면, 여기를 떠날 거야."

"어디로?"

"아주 멀리, 아주 멀리!"

"널 찾기 위해, 네 집에 세 번이나 갔었어!"

"무슨 일로?"

"소식 못 들었어? 나에게 아주 큰 기쁜 일이 일어난 걸?"

"그게 뭔데?"

"내일이면 내가 마리오네트의 마지막 날이고, 너와 다른 친구들처럼 진짜 소년이 될 거야."

"축하해!"

"내일 파티를 하는데, 널 초대하고 싶어?"

"하지만 난 오늘 밤에 가야 한다고 했잖아."

"몇 시에?"

"자정에"

"어디로 가는데?"

"진짜 나라, 이 세상에서 가장 멋진 나라, 아름다운 곳으로!"

"그 나라 이름이 뭔데?"

"장난감 나라, 너도 같이 가자."

"나? 아, 안 돼!"

"피노키오, 넌 큰 실수를 하고 있는 거야! 정말이야, 안 오면 후회할 걸. 너랑 나한테 가장 잘 맞는 곳이라니까? 학교도 없고, 선생님도 없고, 책도 없어! 그 축복받은 곳에는 공부 같은 건 없어. 여기서는 토요일에만 학교를 안가지. 장난감 나라에서는 일요일 빼고는 매일이 토요일이야. 방학은 1월 1일에 시작해서 12월 마지막 날에나 끝나. 바로 내가 가야 할 곳이라고! 모든 나라가 이렇게 되어야 해! 우리 모두 얼마나 행복할지 상상해봐!"

"그러면 장난감 나라에서는 하루를 뭘 하면서 보내는데?"

"아침부터 저녁까지 하루 종일 즐겁게 놀아. 밤에 잠자리에 들면 다음 날 아침, 다시 즐거운 시간이 시작되지. 어떻게 생각해?"

"흠…!"

피노키오는 나무로 된 머리를 끄덕이며 말했습니다. '이런 삶이 나에게 딱 맞기는 한데.'라는 뜻이었습니다.

"그럼 나랑 같이 갈래? 안 갈래? 빨리 결정을 내려."

"안 돼, 절대로 안 돼! 내 착한 요정님에게 착한 아이가 되겠다고 약속했어. 약속은 꼭 지켜야 해. 해가 지고 있으니 널 여기 두고 돌아가야 해. 잘 가, 그리고 행운을 빌게!"

"어디를 그렇게 서둘러 가는데?"

"집으로. 착한 요정님이 밤이 되기 전에 집으로 돌아오라고 하셨거든."

"2분만 더 기다려봐."

"너무 늦었어!"

"단, 2분만이면 된다니까."

"그러다 늦어서 요정님이 나를 꾸짖으면?"

"꾸짖으라고 해. 꾸짖다 지치면, 그만둘 거야."

램프 심지가 말했습니다.

"혼자 가니, 아니면 함께 가는 사람이 있니?"

"혼자라니? 함께 가는 사람이 백 명도 넘을 걸!"

"걸어서 가니?"

"자정에 우리를 그 놀라운 장난감 나라로 데려다 줄 마차가 여길 지나가."

"지금이 자정이라면 좋을 텐데!"

"왜?"

"여러 사람이 모두 함께 출발하는 것을 볼 수 있을 테니까."

"잠시 여기에 조금만 더 있어, 그러면 우리를 볼 수 있을 거야!"

"아니, 아니야. 난 집으로 돌아가야만 해."

"2분만 더 기다리라니까."

"너무 오래 기다렸어. 지금도 요정님이 많이 걱정하고 계실 거야."

"불쌍한 요정! 박쥐들이 널 잡아먹을까 봐 걱정하나부지?"

"램프 심지야, 정말로 장난감 나라에 학교가 하나도 없다는 게 확실한 거야?"

피노키오가 말했습니다.

"학교의 그림자조차도 없는 걸."

"선생님도 한 명도 없고?"

"한 명도 없지."

"그럼 공부하라고 말하는 사람이 단 한 명도 없다는 거네?"

"절대, 절대 없지!"

"정말 멋진 나라구나!"

피노키오가 입안에 군침이 도는 것을 느끼며 말했습니다.

"정말 아름다운 나라구나! 가본 적은 없지만, 상상할 수가 있겠어."

"너도 같이 가자."

"날 유혹하려고 해도 소용없어! 내 착한 요정님에게 얌전히 지내겠다고 약속했거든. 약속은 꼭 지킬 거야."

"그럼, 잘 있어. 그리고 중학교, 고등학교, 그리고 대학교도 길에서 보게 되면 내 안부를 전해 줘."

"잘 가, 램프 심지. 즐거운 여행이 되어 좋은 시간을 보내길 바랄 게, 가끔씩 친구들도 생각해 주고."

이 대화를 끝으로 피노키오는 집으로 향했습니다. 얼마 안가서 피노키오는 다시 친구에게 돌아서서 물었습니다.

"하지만 장난감 나라에서는 일주일이 토요일 6일과 일요일 1일로 되어 있다는 게 확실한 거야?"

"물론이지!"

"방학이 1월 1일에 시작해서 12월 31일에 끝나고?"

"물론, 그렇다니까!"

"정말 좋은 나라구나!"

피노키오는 부러워하며 침을 꼴깍 삼켰습니다. 그리고는 피노키오는 갑자기 뭔가를 결심한 듯 서둘러 말했습니다.

"마지막으로 안녕, 행운을 빌어."

"잘 있어."

"얼마 있다가 간다고 했지?"

"이제 두 시간도 안 남았어."

"정말 아쉽네! 한 시간만이라면 내가 기다릴 수 있을 텐데."

"그러면, 요정과의 약속은 어떻게 하고?"

"이미 늦었는걸 뭐, 한 시간 더 늦는다고 별반 차이가 없어."

"불쌍한 피노키오! 요정이 널 꾸짖으면?"

"아, 그냥 혼내게 내버려 두지 뭐. 어차피 지치면 그만둘 테니까."

그러는 동안 밤은 점점 더 깊어만 갔습니다. 갑자기 저 멀리서 작은 불빛이 번쩍였습니다. 작은 종처럼 부드러우면서도 딸랑거리는 방울 소리와 트럼펫 소리가 멀리서 모기가 윙윙거리는 소리처럼 희미하게 들렸습니다.

"저기 왔다!"

램프 심지가 벌떡 일어서며 소리쳤습니다.

"어디, 뭐가 왔다는 거야?"

피노키오가 작은 목소리로 속삭였습니다.

"날 데리러 오는 마차 말이야. 마지막으로 물을 게, 너 갈 거야, 안 갈 거야?"

"그 나라에 가면 남자아이들이 공부를 전혀 하지 않아도 된다는 게 정말이지?"

"절대, 절대로 안 해도 된다니까!"

"와우! 정말 멋지고 아름답고 경이로운 나라야!"

CHAPTER 31
장난감 나라의 피노키오

피노키오가 장난감 나라에서 놀기 시작한 지 5개월이 지난 어느 화창한 날 아침, 피노키오는 깨어나서 자신의 모습이 변하는 걸 알고는 크게 놀라게 됩니다.

마침내 피노키오와 램프 심지 앞에 마차가 도착했습니다. 바퀴가 짚과 넝마로 묶여 있어서 아무 소리도 나지 않았습니다.

이 마차는 열두 쌍의 당나귀가 끄는 마차였는데, 당나귀의 크기는 모두 같았지만 색깔은 모두 달랐습니다. 회색 당나귀도 있었고, 흰색 당나귀도 있었고, 갈색과 검은색이 섞인 당나귀도 있었습니다. 여기저기에 노란색과 파란색 줄무늬가 굵은 당나귀도 몇 마리 있었습니다.

그런데 가장 이상한 것은 그 24마리의 당나귀가 짐을 싣는 짐승처럼 쇠발 굽을 신은 것이 아니라, 남자아이들이 신는 것과 똑같은 가죽 끈이 달린 신발을 신었다는 것입니다.

그리고 마차를 모는 마부는 어땠을까요?

독자 여러분은 키가 작고 뚱뚱한 남자를 상상해 보세요. 그 마부는 키보다 폭이 훨씬 넓은 땅딸보였고, 버터 덩어리처럼 둥글고 윤이 나고, 얼굴은 사과처럼 빛나고, 작은 입은 항상 미소를 띠고 있으며, 목소리는 음식을 구걸하는 고양이의 목소리처럼 작고 귀여웠습니다.

소년들은 마부를 보자마자, '장난감 나라'라고 불리는 그 사랑스러운 장소로 마차를 타고 가기위해 서로 먼저 올라타려고 난리 들이었습니다.

사실 마차는 온갖 다양한 나이대의 아이들로 꽉 차 있어서 마치 소금에 절인 정어리 상자에든 정어리처럼 보였습니다. 아이들은 불편했고, 서로 겹겹이 쌓여 숨도 제대로 쉴 수 없었습니다. 하지만 불평하는 소리는 한 마디도 들리지 않았습니다. 몇 시간 후면 학교도, 책도, 선생님도 없는 나라에 도착할 거라는 생각에 아이들은 너무나 행복해서 배고픔도, 목마름도, 잠도, 불편함도 느끼지 못했습니다.

마차가 멈추자마자 땅딸보 마부가 램프 심지에게 돌아섰습니다. 땅딸보 마부는 고개를 숙이고 미소를 지으며 사랑스러운 말투로 물었습니다.

"말해 봐, 나의 멋진 아이야, 너도 내 멋진 장난감 나라에 오고 싶니?"

"물론이죠."

"하지만, 아이야. 마차에 자리가 없는 걸 어쩌지. 꽉 찼단다."

"괜찮아요. 안쪽에 자리가 없으면 마차 지붕에라도 앉으면 돼요."

램프 심지가 대답했습니다. 그리고는 한 번 펄쩍 뛰어 올라 지붕 위에 앉았습니다.

"얘야, 넌 어때? 어떻게 할 거니? 우리랑 같이 갈 거야, 아니면 여기 남아 있을 거야?"

땅딸보 마부가 이번에는 피노키오에게 정중하게 돌아서며 물었습니다.

"난 여기 남겠어요. 집에 돌아가고 싶어요. 공부도 하고, 살면서 크게 성공하는 게 더 좋으니까요."

피노키오가 대답했습니다.

"좋아, 그럼 행운을 빌어!"

"피노키오! 내 말 들어. 우리랑 같이 가면 재미있을 거야!"

램프 심지가 소리쳤습니다.

"아니, 안된다니까!"

"우리와 함께 가자. 재미있을 거야."

마차에 있는 네 명의 다른 아이의 목소리가 외쳤습니다.

"우리와 함께 가자. 재미있을 거야."

마차에 탄 백 명도 넘는 아이들이 모두 함께 소리쳤습니다.

"내가 너희들과 함께 가면, 내 착한 요정님이 뭐라고 하실 것 같아?"

피노키오는 마음이 약해져서 굳은 결심이 흔들리기 시작했습니다.

"너무 걱정하지 마. 그저 아침부터 저녁까지 마음껏 떠들고 놀 수 있는 곳으로 간다는 것만 생각해."

피노키오는 대답하지 않고 한숨을 깊이 쉬었습니다. 한 번, 두 번, 세 번. 그리고는 마침내 말했습니다.

"알았어. 나한테도 자리를 비워 줘. 나도 가고 싶어!"

"자리는 다 찼단다. 하지만 네가 간다고 하니 내가 마부 자리를 양보해주마."

땅딸보 마부가 대답했습니다.

"그럼, 아저씨는?"

"난, 걸어서 가마."

"아니, 정말로요? 그런 일은 있을 수 없어요. 난 이 당나귀를 타는 게 훨씬 더 낫겠어요."

피노키오가 소리쳤습니다.

말이 채 끝나기도 전에, 피노키오는 첫 번째 당나귀에게 다가가 올라타려고 했습니다. 그런데 그 작은 당나귀가 갑자기 돌아서서 배를 심하게 걷어차는 바람에 피노키오는 땅바닥에 곤두박질치며 쓰러졌습니다.

예상치 못한 이 모습을 본 아이들은 모두 폭소를 터뜨렸습니다.

하지만 땅딸보 마부는 웃지 않았습니다. 그는 작은 당나귀에게 다가가, 여전히 미소를 지으며 사랑스럽게 몸을 숙여 오른쪽 귀의 절반을 물어뜯었습니다.

그 사이에 피노키오는 땅에서 몸을 일으켜 단번에 당나귀 등에 올라탔습니다. 피노키오가 재빠르게 올라타는 모습이 너무나 멋져서 모든 아이들이 소리쳤습니다.

"피노키오 만세!"

그리고는 큰 박수를 보냈습니다.

그런데, 갑자기 그 작은 당나귀가 두 뒷발로 발길질을 했고, 이 예상치 못한 발길질에 미처 대처하지 못한 불쌍한 피노키오는 다

시 한 번 길 한가운데로 나동그라졌습니다.

아이들은 다시 한 번 크게 웃음을 터뜨렸습니다. 하지만 땅딸보 마부는 웃기는커녕 그 작은 당나귀를 사랑스러워하면서, 다시 한 번 입을 맞추고 왼쪽 귀의 절반을 물어뜯어 버렸습니다. 그리고는 피노키오에게 말했습니다.

"얘야, 이제 올라타도 된단다. 너무 걱정하지 마. 저 당나귀는 다른 생각을 하고 있었나봐. 하지만 내가 그에게 말을 했으니까 이제 조용하고 얌전해질 거란다."

피노키오는 작은 당나귀를 올라탔고, 마차는 출발했습니다. 당나귀들이 돌길을 따라 질주하는 동안, 피노키오는 아주 조용하고 낮은 목소리가 자신에게 속삭이는 것을 들은 것 같았습니다.

"불쌍한 바보야! 넌 네가 하고 싶은 대로 했어. 하지만 머지않아 후회하게 될 거야."

피노키오는 몹시 겁에 질려 그 말이 어디서 들려온 건지 주위를 둘러보았지만 아무도 보이지 않았습니다. 당나귀들은 질주했고, 마차는 매끄럽게 굴러갔으며, 아이들은 잠이 들었고(램프 심지는 겨울잠쥐처럼 코까지 골았습니다.), 땅딸보 마부는 이 사이로 졸린 듯 노래를 불렀습니다.

밤이 되면 모두 잠들지만
난 절대 잠들지 않네.

1킬로미터쯤 지나자 피노키오는 다시 희미하게 속삭이는 듯한 목소리를 들었습니다.

"잊지 마, 이 바보 꼬마야! 공부를 때려치우고 책과 학교와 선생님에게 등을 돌리고 헛소리와 재미있는 것에 모든 시간을 쏟아붇는 아이들은 언젠가는 큰 슬픔에 빠지게 된단다. 아, 내가 경험해 보아서 얼마나 잘 알고 있는데! 내가 너에게 확실하게 말해 줄 수 있지! 너도 언젠가는 내가 지금 우는 것처럼 너도 비통하게 우는 날이 올 거야. 하지만 그때는 이미 너무 늦을 거야!"

이 속삭이는 듯한 말에 피노키오는 점점 더 겁이 났습니다. 피노키오는 땅바닥으로 뛰어내려 자신이 타고 있던 작은 당나귀에게 다가가 코를 손으로 감싸 쥐고 바라보았습니다. 당나귀가 마치 어린아이처럼 울고 있는 것을 보았습니다. 피노키오가 얼마나 놀랐을지 상상해 보세요!

"이봐요, 마부님! 여기서 무슨 이상한 일이 벌어지고 있는지 아세요! 이 당나귀가 울고 있다고요."

피노키오가 소리쳤습니다.

"울게 내버려 둬. 결혼하면 웃을 일이 생길 테니까."

"혹시 말하는 법을 가르쳐줬어요?"

"아니, 훈련소에서 훈련된 개들과 3년 동안 같이 살더니, 몇 마디 중얼거리더라고."

"불쌍한 당나귀!"

"어서 올라 타, 울 줄 아는 당나귀를 보느라고 시간 낭비할 수는 없다. 어서 올라타서 떠나자. 아직 어두운 밤길인데 갈 길은 멀단다."

땅딸보 마부가 말했습니다.

피노키오는 아무 말 없이 따랐습니다. 마차는 다시 출발했습니다. 다음 날 아침 동이 틀 무렵, 그들은 마침내 그토록 그리워하던 나라, '장난감 나라'에 도착했습니다.

이 광활한 넓은 나라는 세상 어느 곳과도 완전히 달랐습니다. 사람은 많았지만, 모두 아이들로 이루어져 있었습니다. 가장 나이 많은 아이는 열네 살쯤 되었고, 가장 나이 어린 아이는 여덟 살이었습니다. 거리에서는 귀청이 떨어져 나갈 듯한 소란과 함성, 나팔 소리가 끊이지 않았습니다. 도처에서 아이들이 무리 지어 모여들었습니다. 어떤 아이들은 구슬치기, 사방치기, 무도회를 했습니다. 어떤 아이들은 자전거나 목마를 탔습니다. 어떤 아이들은 수건으로 눈을 가리고 술래잡기를 했습니다. 어떤 아이들은 서커스를 했고, 어떤 아이들은 노래하고 낭송했습니다. 어떤 아이들은 공중제비를 돌았고, 어떤 아이들은 발을 공중에 든 채 물구나무서서 손으로 걸었습니다. 제복을 완벽하게 차려입은 장군들이 마분지 병사들로 구성된 연대를 이끌고 지나갔습니다. 웃음소리, 비명, 울부짖음, 야유, 박수 소리가 이 행렬을 따라갔습니다. 어떤 아이들은 암탉처럼, 어떤 아이는 수탉처럼, 그리고 세 번째 아이는 자기 굴에서 사자를 흉내 냈습니다. 그들은 모두 귀에 솜을 꽂아야 할 만큼 시끄럽게 아수라장을 만들어 냈습니다. 광장에는 작은 천막 극장들이 가득했고, 아침부터 저녁까지 아이들로 가득 찼습니다. 집 담벼락에는 숯으로 이렇게 쓰여 있었습니다.

"장난감 나라 만세!"

"수학 타도!"

"학교는 이제 그만!"

피노키오와 램프 심지, 그리고 그들과 함께 여행을 떠났던 다른 모든 아이들은 그 땅에 발을 딛자마자 그 무리 속으로 뛰어들었습니다. 그 아이들은 모든 곳을 돌아다니며 구석구석, 집과 극장까지 모두 들여다보았습니다. 아이들은 모두가 친구가 되었습니다. 이 세상에서 이 아이들보다 더 행복한 사람이 누가 있을까요?

온갖 놀 거리와 재미에 빠져 시간이 어떻게 가는지조차 몰랐습니다. 1시간, 하루, 일주일이 번개처럼 쏜살같이 지나갔습니다.

"아, 정말 신나는 곳인데!"

피노키오는 우연히 친구 램프 심지를 만날 때마다 이렇게 말했습니다.

"거봐, 내 말이 맞지, 안 그래? 넌 그래도 오지 않으려고 했다는 걸 생각해 봐! 어제만 해도 집에 돌아가 요정을 만나 다시 공부를 시작해야겠다는 생각이 들었잖아! 오늘 네가 연필과 책, 학교에서 벗어나 자유로워진 건, 다 내 덕분인줄 알아. 널 내가 얼마나 생각하는지 알겠어? 결국 널 소중하게 생각하는 진정한 친구는 나뿐이란 걸 알 거야."

램프 심지가 대답했습니다.

"맞아, 램프 심지, 네 말이 정말 맞아. 오늘 내가 이렇게 행복한 건 다 네 덕분이야. 그리고 선생님이 너에 대해 '램프 심지와 어울리지 마! 그는 나쁜 친구야. 언젠가 너를 잘못된 길로 인도할 거야.'라고 말씀하셨던 걸 알고 있니?"

"불쌍한 선생님! 선생님이 나를 얼마나 싫어하셨는지, 그리고 나에 대해 얼마나 나쁘게 말하시는지 잘 알아. 하지만 나는 관대한 사람이니까 기꺼이 용서를 하겠어."

램프 심지가 고개를 좌우로 흔들며 대답했습니다.

"넌 참 훌륭한 영혼을 가졌구나!"

피노키오가 친구를 따뜻하게 껴안으며 말했습니다.

다섯 달이 지났지만, 아이들은 아침부터 저녁까지 책도, 책상도, 학교도 보지 못한 채 계속 놀고 즐겼습니다. 하지만, 어느 날 아침, 피노키오가 잠에서 깨어나 자신을 기다리고 있는 놀라운 사실을 알게 되었습니다. 곧 그 놀라운 사실은 피노키오를 너무 걱정스럽게 만들었습니다.

CHAPTER 32

당나귀가 된 피노키오

피노키오의 귀가 당나귀 귀처럼 변했습니다. 잠시 후, 피노키오는 진짜 당나귀로 변해서 울기 시작했습니다.

누구나 한 번쯤은 자신에게 찾아올 놀라운 일을 마주하게 됩니다. 피노키오가 가장 파란만장했던 그 아침에 겪었던 일과 같은 놀라운 일은 아마도 거의 없을 것입니다.

그게 뭐였더라? 사랑하는 독자 여러분, 말해 줄게 있습니다. 잠에서 깨어난 피노키오는 머리에 손을 얹었고, 거기서 그는…….

상상해 보세요!

아침에 일어나 보니, 자신의 귀가 적어도 25센티미터나 더 커졌습니다!

여러분은 피노키오가 태어날 때부터 귀가 아주 작았다는 걸

아실 겁니다. 너무 작아서 육안으로는 거의 보이지도 않았었죠. 그런데 하룻밤 사이에 그 두 개의 귀여운 귀가 구둣솔만큼이나 길어진 것을 보고 피노키오가 얼마나 놀랬을지 상상이 가시나요?

피노키오는 거울을 찾으러 나섰지만, 거울을 찾을 수 없어 대야에 물을 받아 비로소 자신의 모습을 바라보았습니다. 대야에 비친 자신의 모습은 결코 보고 싶지 않은 모습이었습니다. 피노키오의 얼굴에 커다란 당나귀 귀 한 쌍이 대야에 비춰진 것입니다.

불쌍한 피노키오가 얼마나 끔찍한 슬픔, 수치심, 절망에 빠졌는지는 여러분이 상상해 보시기 바랍니다.

피노키오는 울기 시작했고, 비명을 지르고, 벽에 머리를 부딪쳤지만, 비명을 지르면 지를수록 그의 귀는 더 길어지고 털이 더 많아졌습니다.

피노키오의 날카로운 비명 소리에 겨울잠쥐 한 마리가 방으로 들어왔습니다. 위층에 사는 살찐 겨울잠쥐였습니다. 피노키오가 슬픔에 잠긴 것을 보고, 겨울잠쥐는 걱정스럽게 물었습니다.

"무슨 일이야, 친구?"

"아, 내 작은 친구 겨울잠쥐야. 난 아주, 아주 몹쓸 병에 걸렸어. 그리고 그 병 때문에 너무 무서워! 넌 맥박을 어떻게 짚어 보는지 알아?"

"조금."

"그럼 내 몸을 만져보고 열이 있는지 말해줄래."

겨울잠쥐는 피노키오의 손목을 앞발로 잡고, 몇 분 후 슬픈 표정으로 그를 올려다보며 말했습니다.

"친구야, 미안하지만 정말 슬픈 소식을 전해야 할 것 같구나."

"무슨 일인데?"

"매우 심한 열병에 걸렸어."

"무슨 열병인데?"

"당나귀 열병."

"난, 그 열병에 대해 아무것도 몰라."

피노키오가 대답하며, 자신에게 무슨 일이 일어나고 있는지 너무나 잘 이해하기 시작했습니다.

"그럼, 내가 다 말해 줄게. 그러니 알아두렴. 2~3시간 안에 너는 더 이상 마리오네트도, 소년도 아닐 거야."

겨울잠쥐가 말했습니다.

"그럼 내가 뭐가 되는데?"

"2~3시간 안에 너는 당나귀가 될 거야. 시장으로 야채나 과일 수레를 끄는 진짜 당나귀 말이야."

"아, 나 어떡해! 내게 무슨 일이 일어나는 거야?"

피노키오는 두 개의 긴 귀를 두 손으로 꽉 움켜쥐고 마치 다른 사람의 귀인 것처럼 화난 듯이 잡아당기며 소리쳤습니다.

"친구야, 왜 지금에서야 걱정을 하니? 한 번 한 일은 다시 되돌릴 수는 없잖아. 다 운명이라는 걸. 지혜로운 책에도 나와 있잖아. 책과 학교와 선생님을 싫어하고 장난감과 놀이에 하루 종일 매달려 사는 게으른 아이들은 언젠가는 당나귀가 될 거라고 말이야."

겨울잠쥐가 피노키오를 조금 위로하며 대답했습니다.

"그렇지만 정말 그럴까?"

피노키오가 몹시 흐느끼며 물었습니다.

"안타깝게도 사실이야. 그리고 지금 눈물을 아무리 흘려도 소용없어. 이 모든 걸 미리 생각했어야지."

"하지만 내 잘못은 아니야. 믿어 줘, 겨울잠쥐야. 다 램프 심지 탓이야."

"그럼, 그 램프 심지는 누군데?"

"내 같은 반 학교 친구야. 집에 돌아가고 싶었어. 말 잘 듣고 싶었고, 공부도 열심히 하고 학교에서 상도 받고 싶었는데, 램프 심지가 나한테 말했어. '왜 공부에 시간을 허비하고 싶어? 왜 학교에 가고 싶어? 나랑 장난감 나라로 가자. 거기서는 다시는 공부하지 않을 거야. 거기서는 아침부터 밤까지 즐겁게 놀고 재미있을 거야.'라고."

"그럼, 넌 왜 그런 거짓말을 하는 친구의 말을 들은 거야?"

"왜냐고? 내 사랑하는 겨울잠쥐야, 난 생각 없는 마리오네트니까. 난 부주의하고 무정하단 말이야. 오! 내게 조금만이라도 마음이 있었더라면, 날 그토록 사랑하고 친절하게 대해준 그 착한 요정을 절대 버리지 않았을 텐데! 그리고 지금쯤이면 난 더 이상 마리오네트가 아니었을 텐데! 내 친구들처럼 진짜 남자아이가 되었을 텐데! 램프 심지를 만나면, 내 생각을 다 말해줄 거야. 그리고 그 이상의 이야기도 할 거야!"

긴 이야기를 마치고 피노키오는 방문으로 걸어갔습니다. 하지만 문에 다다랐을 때, 자신의 귀가 지금 당나귀 귀라는 걸 깨달았고, 사람들에게 보여주기가 부끄러워서 돌아섰습니다. 선반에서 커다란 면주머니를 꺼내 모자처럼 머리에 얹고 코까지 끌어당겨 푹 눌러썼습니다.

피노키오는 이렇게 차려입고 집 밖으로 나갔습니다. 피노키오는 거리, 광장, 극장 안 등 어디에서나 램프 심지를 찾아보았지만 찾을 수가 없었습니다. 만나는 사람마다 램프 심지에 대해 물었지만 아무도 그를 본 적이 없다고들 했습니다. 마침내 절망에 빠진 피노키오는 램프 심지네 집으로 찾아가 문을 두드렸습니다.

"누구세요?"

램프 심지가 안에서 물었습니다.

"나야!"

피노키오가 대답했습니다.

"잠깐만."

30분쯤 지나서야 문이 열렸습니다. 피노키오에게 또 다른 놀라운 일이 기다리고 있었습니다! 방 안에는 램프 심지가 서 있었는데, 머리에 커다란 면 자루를 코까지 푹 눌러 쓴 채였습니다.

그 모습을 보고 피노키오는 약간 기분이 나아졌고, 이렇게 생각했습니다.

'이 친구도 나와 똑같은 병을 앓고 있는 모양이군! 혹시 이 친구도 당나귀 열병에 걸린 건 아닐까?'

그러나 피노키오는 아무것도 보지 못한 척하며 미소를 지으며 물었습니다.

"잘 지냈어, 사랑하는 친구 램프 심지?"

"엉. 마치 파마산 치즈 속의 쥐처럼."

"정말, 진짜로?"

"내가 왜 너에게 거짓말을 하겠니?"

"미안해, 친구. 그런데 왜 귀에 면주머니를 뒤집어쓰고 있어?"

"의사가 무릎이 아프다고 하니까 그렇게 하라고 했어. 그런데 피노키오, 너는 왜 면 주머니를 코까지 푹 눌러쓰고 있는 거야?"

"발에 멍이 들었는데, 의사가 이렇게 하라고 처방했어."

"아, 불쌍한 피노키오!"

"아, 내 불쌍한 램프 심지!"

이 대화가 끝나고 나서는 한참 동안 긴 침묵이 이어졌고, 그동안 두 친구는 서로를 조롱하는 듯한 눈빛으로 바라보았습니다.

마침내 피노키오는 꿀처럼 달콤하고 플루트처럼 부드러운 목소리로 친구에게 말했습니다.

"친구야, 너는 혹시 귀가 아팠던 적이 있니?"

"아니! 너는?"

"아니! 그런데 오늘 아침부터 귀가 계속 아파."

"나도 그래."

"너도 그래? 그럼, 넌 어느 쪽 귀가 아파?"

"둘 다. 그럼, 넌?"

"둘 다. 혹시 같은 병일지도 모르겠는데."

"그럴 수도 있겠네."

"램프 심지, 부탁 하나만 들어줄래?"

"기꺼이! 뭐든지."

"네 귀를 보여 줄 수 있어?"

"물론 있지. 하지만 내 것을 보여주기 전에, 네 것을 먼저 보고 싶어, 피노키오."

"아니, 네 것을 먼저 보여줘."

"아니, 친구! 네 것 먼저, 그다음엔 내 것을 보여줄게."

"그럼, 이렇게 하자."

피노키오가 말했습니다.

"어떻게?"

"우리 같이 동시에 모자를 벗는 거야. 알았지?"

"좋아."

"그럼, 준비!"

피노키오는 숫자를 세기 시작했습니다.

"하나! 둘! 셋!"

"셋!"이라는 말이 떨어지자 두 아이는 동시에 모자를 벗어 공중으로 높이 던져버렸습니다.

그러자 믿기 어려울 만큼, 하지만 너무나 현실적인 장면이 펼쳐졌습니다. 피노키오와 친구인 램프 심지는 같은 병에 시달리는 서로를 보자 슬픔과 부끄러움을 느끼는 것보다는, 서로를 놀리기 시작했고, 온갖 헛소리를 한 끝에 결국 폭소를 터뜨리고 말았습니다.

피노키오와 램프 심지는 웃고, 웃고, 또 웃었습니다. 아플 때까지 웃었고, 울 때까지 웃었습니다.

그런데 갑자기 램프 심지가 웃음을 멈췄습니다. 램프 심지는 비틀거리며 거의 넘어질 뻔했습니다. 유령처럼 창백해진 얼굴로 피노키오에게 돌아서서 말했습니다.

"도와줘, 도와줘, 피노키오!"

"무슨 일이야?"

"아, 도와줘! 더 이상 두 다리로 일어설 수가 없어."

"나도 못해."

피노키오가 소리쳤습니다. 그는 힘없이 비틀거리며 걸어가면서 웃음이 눈물로 바뀌었습니다.

그들이 말을 채 끝내기도 전에, 두 사람은 네 발로 엎드려 방 안을 뛰어다녔습니다. 달리는 동안, 그들의 팔은 다리로 변하고, 얼굴은 주둥이처럼 길어졌으며, 등은 긴 회색 털로 뒤덮였습니다.

이 정도로도 충분히 부끄러웠지만, 가장 끔찍한 순간은 불쌍한 두 동물이 엉덩이에서 꼬리가 드러나는 것을 느꼈을 때였습니다. 피노키오와 램프 심지는 수치심과 슬픔에 휩싸여 울부짖으며 자신들의 운명을 한탄했습니다.

하지만 이미 한 번 저지른 일은 되돌릴 수 없습니다! 피노키오와 램프 심지는 신음과 울음 대신, 큰 당나귀 울음소리를 터뜨렸습니다. 그 소리는 마치 "이히힝, 이히힝! 이히힝!"하고 외치는 소리와 같았습니다.

바로 그때, 누군가가 문을 크게 두드리는 소리가 들렸고, 피노키오와 램프 심지를 부르는 목소리가 들렸습니다.

"문 열어! 나는 너희를 여기로 데려온 마부다. 문 열어라, 안 열면 혼난다!"

CHAPTER 33
서커스 훈련을 받는 피노키오

당나귀가 된 피노키오는 서커스단 주인에게 팔려가 재주를 배우게 됩니다. 하지만 서커스 공연 중에 다리를 다쳐 절름발이가 된 피노키오는 당나귀 가죽을 북의 재료로 쓰려는 사람에게 팔립니다.

불쌍한 피노키오와 램프 심지는 몹시 슬퍼하며 풀이 죽어 서서 서로를 바라보았습니다. 방 밖에 있던 땅딸보 마부는 점점 더 초조해하더니, 마침내 문을 세게 걷어차자 문이 활짝 열렸습니다. 땅딸보 마부는 평소처럼 달콤한 미소를 입가에 머금고 피노키오와 램프 심지를 바라보며 말했습니다.

"잘했어, 애들아! 너희들이 얼마나 우렁차게 잘 울었는지, 너희들의 당나귀 울음소리를 금방 알아들을 수 있었어. 그래서 내가 지금 여기에 온 거야."

이 말을 듣고 두 당나귀는 부끄러워서 고개를 푹 숙이고 귀를 아래로 떨어뜨리고 꼬리를 다리 사이에 집어넣었습니다.

처음에 땅딸보 마부는 두 당나귀를 쓰다듬고 어루만지며 털을 매끈하게 다듬어 주었습니다. 그런 다음 빗을 꺼내 유리처럼 반짝반짝 빛날 때까지 빗질을 해주었습니다. 두 당나귀의 모습에 만족한 땅딸보 마부는 두 당나귀에게 고삐를 채워 장난감 나라에서 멀리 떨어진 동물 시장으로 데려가 좋은 값에 팔아넘기려는 수작이었습니다.

사실, 땅딸보 마부는 제안을 받기까지 오래 기다릴 필요가 없었습니다. 램프 심지는 전날 당나귀가 죽은 농부에게 팔렸고, 피노키오는 서커스단 단장에게 팔렸습니다. 서커스단 단장은 피노

키오에게 관객들을 위한 쇼를 훈련시킬 계획이었습니다.

여러분은 이제 땅딸보 마부의 직업이 무엇인지 알았겠지요? 이 끔찍한 땅딸보 마부는 온 세상을 돌아다니며 친절하고 온순한 얼굴로 가장하고 남자아이들을 찾아다녔습니다. 게으른 아이들, 책을 싫어하는 아이들, 집에서 도망치고 싶어 하는 아이들, 학교에 싫증 난 아이들, 이 모든 것이 땅딸보 마부의 기쁨이자 행운이었습니다. 땅딸보 마부는 아이들을 장난감 나라로 데려가 마음껏 놀게 했습니다. 몇 달 동안 놀고 일도 하지 않은 아이들이 작은 당나귀가 되자, 땅딸보 마부는 그들을 시장에 팔았습니다. 그래서 땅딸보 마부는 얼마 지나지 않아 백만장자가 되었습니다.

램프 심지는 농부에게 팔려가서 어떻게 되었는지는 나도 모릅니다. 내가 말할 수 있는 건, 피노키오는 첫날부터 엄청난 고생을 겪기 시작했다는 것입니다.

피노키오의 새로운 주인은 그를 마구간에 넣은 뒤, 여물통에 마른 짚을 가득 채워주었지만, 피노키오는 한 입 맛보고는 뱉어버렸습니다.

그러자 새로운 주인은 투덜거리면서 여물통에 마른 풀을 가득 채워주었습니다. 하지만 피노키오는 그것이 더 마음에 들지 않았습니다.

"야, 너는 마른 풀마저 싫다는 거구나? 잠깐만, 당나귀야, 네가 그렇게 까다롭게 굴지 못하도록 내가 가르쳐 주마."

새로운 주인은 화난 목소리로 소리쳤습니다.

새로운 주인은 더 이상 망설이지 않고 채찍을 들고 당나귀의 다리를 힘차게 내리쳤습니다.

피노키오는 너무 아파서 비명을 질렀고, 비명을 지르면서 이렇게 소리쳤습니다.

"이히힝! 이히힝! 마른 짚은 소화가 안 돼요!"

"그럼, 마른 풀을 먹어!"

당나귀의 말을 완벽하게 이해한 주인이 대답했습니다.

"이히힝! 이히힝! 마른 풀을 먹으면 머리가 아파요!"

"설마 내가 너한테 오리나 닭을 먹여줄 거라고 생각하는 거는 아니겠지?"

새로운 주인은 다시 물었고, 그 어느 때보다 화가 나서 불쌍한 피노키오를 다시 한 번 채찍질을 했습니다.

두 번째로 채찍질을 당하자, 피노키오는 아예 입을 다물어 버렸고, 더 이상 아무 말도 하지 않았습니다.

그 후, 마구간 문이 닫히고 피노키오는 홀로 남게 되었습니다. 아무것도 먹지 않은 지 여러 시간이 흘렀기 때문에, 피노키오는 배가 고파 하품을 하기 시작했습니다. 하품을 하면서 그는 오븐처럼 커다란 입을 벌렸습니다.

마침내 여물통에서 더 이상 다른 아무것도 발견하지 못한 피노키오는 마른 풀을 맛보았습니다. 맛을 본 후, 마른 풀을 꼭꼭 씹어 눈을 질끈 감고 꿀꺽 삼켰습니다.

"마른 풀은 나쁘지 않군. 그렇지만 내가 공부를 계속 했더라면 지금쯤 얼마나 행복했을까! 아마도 마른 풀보다는 맛있는 빵과 버터를 먹고 있을 텐데. 참나!"

피노키오는 혼잣말로 중얼거렸습니다.

다음 날 아침, 피노키오는 잠에서 깨어나 여물통에서 마른 풀을 더 찾으려 했지만, 모두 없어져 버렸습니다. 밤새 다 먹어 치웠기 때문입니다.

어쩔 수 없이, 피노키오는 마른 짚을 잘게 썰어 놓은 것을 먹어 보았지만, 씹어보니 쌀 맛도 아니고 마카로니 맛도 아니라는 것을 알고는 크게 실망했습니다.

"참자! 내 이런 모습을 보고 공부 안 하는 말 안 듣는 아이들에게 교훈이 된다면! 참자! 참자!"

피노키오는 마른 짚을 씹으며 되풀이해서 중얼거렸습니다.

"정말 참긴 뭘 참아! 내 작은 당나귀야, 내가 너를 여기 데려온 게 그저 먹을 것과 마실 것을 주려고 데리고 온 줄 알아? 아, 아니지! 내가 금화를 좀 벌수 있도록 도와줘야지, 알겠어? 자, 따라와. 점프하고 절하는 법, 왈츠와 폴카 춤, 그리고 물구나무서기까지 가르쳐 줄 테니까."

마구간으로 들어오며 새로운 주인이 소리쳤습니다.

불쌍한 피노키오는 좋든 싫든 이 모든 기술들을 배워야 했습니다. 하지만 피노키오는 완벽하게 훈련을 마칠 때까지 무려 3개월이라는 시간이 걸렸고, 그동안 수많은 채찍질을 겪어야 했습니다.

마침내 피노키오의 새로운 주인이 놀라운 공연을 선보일 날이 다가왔습니다. 마을 곳곳에 게시된 발표문에는 큰 글씨로 이렇게 적혀 있었습니다.

오늘 밤 최고의 볼거리

위대한 서커스 단원들과 말들의
환상적인 공연

극단
첫 공개

댄스의 스타,

유명한 당나귀,

피노키오

서커스 공연장은 대낮처럼 환하게 준비되어 있습니다.

여러분도 잘 상상하셨겠지만, 그날 밤엔 공연이 시작되기 한 시간 전부터 서커스 극장은 사람들로 만원이었습니다.

오케스트라 의자도, 발코니 좌석도, 갤러리 좌석도 구할 수가 없었습니다. 금값을 치르더라도 구할 수가 없었습니다.

서커스 극장 안의 계단에는 다양한 나이의 연령대와 아이들로 가득 차 있었습니다. 유명한 당나귀 피노키오의 춤을 보려고 몰려든 것이었습니다.

공연의 1부가 끝나자, 검은색 코트, 흰색 무릎 반바지, 에나멜 가죽 부츠를 신은 서커스 단장이 대중에게 모습을 드러내며 크고 위엄 있는 목소리로 다음과 같이 발표했습니다.

"존경하는 친구 여러분, 신사 숙녀 여러분!"

"여러분의 겸손한 하인인 이 극장의 단장이 오늘 밤 여러분에게 세상에서 가장 위대하고 가장 유명한 당나귀를 소개하고자 합니다. 이 당나귀로 말씀드리자면, 유럽의 위대한 모든 궁정의 왕과 여왕, 황제 앞에서 공연하는 큰 영예를 누렸습니다."

"여러분의 관심에 감사드립니다!"

이 장황한 연설은 큰 웃음과 박수갈채로 환호를 받았습니다. 그리고 유명한 당나귀 피노키오가 서커스 공연장에 등장하자 박수갈채와 함성은 더욱 커졌습니다. 피노키오는 멋지게 차려입고 있었습니다. 등에는 윤이 나는 가죽으로 만든 새 고삐와 윤이 나는 황동 버클이 달려 있었고, 두 개의 하얀 동백꽃이 귀에 묶여 있었습니다. 붉은 비단 리본과 술이 여러 갈래로 갈라진 갈기를 장식하고 있었습니다. 허리에는 금색과 은색의 커다란 띠를 두르고 있었고, 꼬리는 여러 가지 화려한 색깔의 리본으로 장식되어 있었습니다. 피노키오는 정말 잘생기고 멋진 당나귀였습니다!

서커스 단장은 피노키오를 대중에게 소개하면서 다음과 같은 말을 덧붙였습니다.

"존경하는 신사숙녀 여러분! 오늘 밤은 아프리카 야생에서처럼 드넓은 들판에서 자유롭게 풀을 뜯던 이 당나귀를 발견한 이후, 제가 이 동물을 길들이려고 애쓰면서 겪었던 엄청난 어려움에 대해서는 말씀드리지 않겠습니다. 부디 당나귀의 눈빛에서 느껴지는 야만적인 모습을 눈여겨보시기 바랍니다. 여러 세기 동안 문명이 야생 동물을 제압하기 위해 사용했던 모든 수단들이 이 당나귀에게는 먹혀들지 않았습니다. 결국 저는 이 당나귀를 제 뜻대로 가르치기 위해 채찍질을 하지 않을 수 없었습니다. 하지만 제 이 모든 가르침에도 불구하고, 이 당나귀의 사랑을 얻는 데는 실패했습니다. 제가 이 당나귀를 발견했을 때처럼 지금도 여전히 이 당나귀는 사납습니다. 여전히 저를 두려워하고 미워합니다. 하지만 저는 우연히 이 당나귀에게서 한 가지 큰 구원의 모습을 발견했습니다. 당나귀의 이마에 있는 작은 혹이 보이십니까? 바로 이 혹 때문에 당나귀는 춤추고 사람처럼 민첩하게 발을 사용하는 뛰어난 재능을 지녔습니다. 자, 여러분, 그를 잘 보시고 즐기시기 바랍니다. 이제 조련사로서의 제 성공 여부는 여러분의 판단에 맡기도록 하겠습니다. 떠나기 전에, 마지막으로 내일 밤에도 또 다시 공연이 있다는 것을 말씀드립니다. 만약 날씨가 흐리거나 비가 온다면, 이 멋진 공연은 다음날 오전 11시에 열릴 것입니다."

서커스 단장은 인사를 한 후 피노키오에게 돌아서서 말했습니다.

"자, 피노키오! 공연을 시작하기 전에 관객들에게 인사를 해야지!"

피노키오는 순순히 두 무릎을 땅에 꿇었고, 단장은 채찍질 소리와 함께 소리쳤습니다.

"앞으로 걸어가!"

피노키오는 무릎을 꿇은 채로 그대로 있었습니다.

피노키오는 네 발로 일어나 링 주위를 돌았습니다. 몇 분이 지나고 다시 서커스 단장의 목소리가 들렸습니다.

"빨리 걸어!"

피노키오는 순순히 발걸음을 빠르게 바꿨습니다.

"달려!"

피노키오는 달려갔습니다.

"전속력으로 달려!"

피노키오는 온 힘을 다해 달렸습니다. 피노키오가 달리자 서커스 단장은 팔을 들어 올렸고, 공중에서 권총 소리가 울려 퍼졌습니다.

총을 쏘자, 피노키오는 마치 정말 죽은 듯이 땅에 쓰러졌습니다.

피노키오가 일어서자 우레와 같은 박수갈채가 쏟아졌습니다. 사방에서 울음소리와 고함 소리, 박수 소리가 들렸습니다.

이런 요란한 소음에 피노키오는 고개를 들고 눈을 떴습니다. 피노키오의 앞, 상자 안에는 아름다운 여인이 앉아 있었습니다. 그녀의 목에는 긴 금목걸이가 걸려 있었고, 그 목걸이에는 커다란 메달이 달려 있었습니다. 그 메달에는 마리오네트의 그림이 그려져 있었습니다.

"저 그림은 내 모습이야! 저 아름다운 여인은 나의 요정님이야!"

피노키오는 그녀를 알아보고 혼잣말로 중얼거렸습니다. 피노키오는 너무 기뻐서 힘껏 외쳤습니다.

"오, 나의 요정님이여! 나의 요정님이여!"

그러나 말 대신 극장 안에는 큰 울음소리가 들렸습니다. 그 소리가 어찌나 크고 길던지 모든 관객, 남자, 여자, 아이들, 특히 아이들은 크게 웃음을 터뜨렸습니다.

그러자 서커스 단장은 당나귀에게 대중 앞에서 울부짖는 것은 예의가 아니라는 것을 가르치기 위해 채찍 자루를 잡고 피노키오의 코를 때렸습니다.

불쌍한 피노키오는 너무나 고통스러워 긴 혀를 내밀고 오랫동안 코를 핥았습니다.

그리고 다시 고개를 들어 관객석을 올려다보았습니다. 요정이 사라져 버린 것을 보고 얼마나 슬펐던지!

피노키오는 기절할 것 같았고, 눈에 눈물이 고여 몹시 슬펐습니다. 그러나 아무도 그것을 몰랐습니다. 특히 채찍을 휘두르며 소리쳤던 서커스 단장은 더욱 그랬습니다.

"브라보, 피노키오! 이제 얼마나 우아하게 굴렁쇠를 뛰어넘는지 관객들에게 보여줘."

피노키오는 두세 번 시도했을 때, 굴렁쇠에 가까이 다가갈 때마다 펄쩍 뛰었지만 굴렁쇠를 통과하지 못하고 옆으로 지나가 버리고 말았습니다. 마지막으로 네 번째 시도에서, 서커스 단장이 쳐다보는 순간 피노키오는 펄쩍 뛰어 올라 굴렁쇠를 통과했지만 아쉽게도 뒷다리가 굴렁쇠에 걸려 바닥에 '쿵'하고 넘어지고 말았습니다.

피노키오는 일어나기는 했지만 다리를 심하게 절뚝거렸습니다. 겨우 마구간까지 걸어갈 수 있을 정도였습니다.

"피노키오! 피노키오 어서 나와! 작은 당나귀야 어서 나오라고!"

사고에 슬퍼하는 오케스트라 근처에 있는 아이들이 소리쳤습니다.

그러나 그날 저녁에 아무도 피노키오를 다시 볼 수는 없었습니다.

다음날 아침 수의사가 피노키오의 다리를 진찰하더니, 아마도 평생 다리를 절게 될 것이라고 말했습니다.

"절름발이 당나귀를 어디다 쓰겠어? 사료만 축 낼게 뻔 하잖아. 당장 시장에 데려가 팔아버려."

서커스 단장이 마구간지기에게 말했습니다.

마구간지기가 광장에 도착하자 곧 구매자가 나타났습니다.

"저 작고 다리가 불편한 당나귀를 얼마에 파실 겁니까?"

구매자가 물었습니다.

"20리라(이탈리아 지폐 단위)."

"20솔디(이탈리아 동전 단위)만 받아요! 일 시키려고 산다고 생각하지는 말아요. 난 그냥 가죽만 필요해서 사는 거니까. 가죽이 아주 튼튼해 보이는데, 북두칠성도 만들 수 있겠어. 우리 마을 밴드에서 북이 필요하거든요."

사랑하는 여러분, 피노키오가 자신의 가죽으로 북을 만든다는 말을 듣고 얼마나 슬퍼했을지 상상해 보시기 바랍니다!

구매자가 20솔디를 지불하자마자 피노키오는 주인이 바뀌었습니다. 새 주인은 피노키오를 바다가 내려다보이는 높은 절벽으로 데려가 목에 돌멩이를 걸고 뒷발에 밧줄을 묶은 다음, 힘껏 밀

어 물속으로 던졌습니다.

피노키오는 즉시 물속으로 가라앉았습니다. 피노키오의 새 주인은 절벽에 앉아 피노키오가 익사해서 떠오르기를 기다렸습니다. 가죽을 벗겨 북통을 만들려고 했던 것입니다.

CHAPTER 34
바다 괴물에게 잡아먹힌 피노키오

피노키오는 바다에 던져져 물고기에게 잡아먹히고, 다시 마리오네트가 됩니다. 육지로 헤엄쳐 가던 중, 다시 무시무시한 바다 괴물에게 잡아먹힙니다.

피노키오는 점점 더 깊은 바다 속으로 가라앉았습니다. 5분이 지난 후, 절벽 위의 남자는 혼잣말로 이렇게 말했습니다.

"이쯤 됐으면 절름발이 당나귀는 물에 빠져 죽었을 거야. 그놈이 빨리 올라와야 가죽을 벗겨 내 아름다운 북 연주를 시작할 수 있을 텐데."

그는 피노키오의 다리에 묶인 밧줄을 잡아당겼습니다. 잡아당기고, 잡아당기고, 또 잡아당기자 마침내 물 위로 밧줄이 떠올랐습니다. 여러분은 뭐가 나왔을지 짐작이 가시나요? 죽은 당나귀가 아니라, 마치 뱀장어처럼 꿈틀거리며 움직이는 아직 살아있는 마리오네트가 나타났습니다.

그 불쌍한 남자는 피노키오를 보고 자신이 꿈을 꾸고 있다고 생각하며, 입을 쩍 벌리고 눈을 동그랗게 뜬 채 앉아 있었습니다.

그는 정신을 차리고 이렇게 말했습니다.
"그러면 내가 바다에 던졌던 당나귀는?"
"내가 바로 그 당나귀예요."
피노키오가 웃으며 대답했습니다.
"네가 당나귀라고?"

"네, 맞아요."

"아니, 이 꼬맹이 놈아! 나를 놀리는 거냐?"

"놀리다니요? 전혀 아니에요, 진심이에요."

"그렇다면, 몇 분 전까지만 해도 당나귀였던 네가 왜 지금은 마리오네트로 내 앞에 서 있는 거냐?"

"바닷물 때문일 수도 있겠네요. 소금처럼 짠 바다는 이런 장난을 좋아하니까요."

"마리오네트, 날 속이려고 하지 마라! 날 비웃지 말라고! 내가 화나면 너한테 큰일이 벌어질 거야!"

"그럼요, 주인님, 어떻게 된 일인지 제 이야기를 전부 듣고 싶지 않으세요? 제 다리에 묶은 밧줄을 좀 풀어주세요. 그럼 말씀드릴게요."

마리오네트의 삶에 대한 진짜 이야기가 궁금해진 노인은 피노키오의 발을 묶고 있던 밧줄을 바로 풀어 버렸습니다. 하늘을 나는 새처럼 자유로워진 피노키오는 이야기를 시작했습니다.

"그러니까, 처음에는 원래 저도 지금처럼 나무로 만든 마리오네트였어요. 어느 날, 저는 진짜 아이가 되려던 참이었어요. 진짜 아이가 될 수 있었는데, 게으르고, 책을 싫어하고, 그리고 나쁜 친구들의 말에 귀를 기울여서 집에서 달아나 버렸어요. 어느 화창한 아침, 눈을 뜨니 제 자신이 당나귀로 변해 있었어요. 긴 귀에 회색 털에 꼬리까지! 정말 부끄러운 날이었어요! 사랑하는 주인님, 주인님은 그런 경험을 하지 않으셨으면 좋겠어요. 저는 장터에 끌려가 서커스단 단장에게 팔렸어요. 서커스단 단장은 저를 춤추게 하고 굴렁쇠 위에서 뛰게 하려고 훈련시켰어요. 어느 날 밤, 서커스 공연을 하던 중 그만 심하게 떨어져 다리를 절게 되었답니다. 절름발이 당나귀를 어떻게 해야 할지 몰라 하던 서커스단 단장은 저를 다시 장터로 팔러 보냈고, 지금의 주인님이 저를 사신 거예요."

"그래 맞아! 네 몸 값으로 20솔디를 지불했지. 이제 누가 내 돈을 돌려줄 수 있을까?"

"그런데 저를 왜 사셨어요? 날 해치려고, 죽이려고, 아니 북을 만들려고 사신 거잖아요!"

"그렇지! 그럼, 이제 나는 가죽은 어디서 구해야 할까?"

"너무 걱정하지 마세요, 주인님. 이 세상에는 당나귀가 너무 많으니까요."

"말해 봐, 뻔뻔스러운 사기꾼아, 네 이야기는 여기서 끝나는 거냐?"

"한 마디만 더 하면, 끝나요. 날 산 후, 죽이려고 여기로 데려왔잖아요. 하지만 날 불쌍히 여겨 내 목에 돌멩이를 매달아 바다 밑으로 던져버렸지요. 내가 너무 심한 고통을 받지 않기를 바라는 주인님 마음은 정말 고마웠어요. 전 주인님을 영원히 기억할 거예요. 그리고 내 착한 요정님이 이 사실을 안다면 주인님에게 더욱 고마워했을 거예요."

피노키오가 대답했습니다.

"네 요정? 그게 누군데?"

"제 엄마예요. 자식을 사랑하는 다른 모든 엄마들처럼, 무슨 일이 생기더라도 항상 사랑으로 돌봐주시고 나쁜 일을 해도 항상 사랑으로 돌봐주시는 엄마거든요. 그런데 오늘, 제 착한 요정님이 제가 익사할 위기에 처한 것을 보시고는 제게 물고기 천 마리를 보내주신 거예요. 물고기들은 제가 죽은 당나귀인 줄 알고 저를 먹어치우기 시작했어요. 물고기들이 얼마나 크고 먹성이 좋은지! 한 마리는 제 귀를, 다른 한 마리는 제 코를, 또 다른 물고기는 제 목과 갈기를 뜯어 먹었어요. 어떤 물고기는 제 다리를, 어떤 물고기는 제 등을 뜯어 먹었답니다. 그리고 그중에는 아주 온순하고 예의 바른 작은 물고기 한 마리가 있었는데, 그 물고기는 제 꼬리를 먹어치워 주었어요."

"이제부터는, 다시는 물고기를 먹지 않겠다. 숭어나 흰살 송어의 배를 갈랐더니 죽은 당나귀 꼬리가 들어 있다면 얼마나 기분이 더러울까!"

그 사람이 너무 끔찍해 하며 말했습니다.

"저도 주인님과 같은 생각이에요. 물고기들이 제 머리부터 발끝까지 덮고 있던 당나귀 털을 다 먹어 치우자, 물고기들은 자연스럽게 뼈를 먹으려고 했어요. 아니, 제 경우에는 나무겠죠. 보시다시피 저는 아주 단단한 나무로 만들어졌거든요. 몇 입 먹어본 그 탐욕스러운 물고기들은 나무가 이빨로 먹기에 좋지 않다는 걸 알고는, 더 이상 먹으려고 하지 않고 돌아갔어요. 작별 인사도,

고맙다는 말 한마디도 없이 말이죠. 자, 주인님, 제 이야기를 들어 보시니까 어때요? 이제 저를 물에서 건져 올리셨을 때 죽은 당나귀가 아니라 마리오네트를 발견하게 된 이유를 아시겠죠?"

피노키오가 웃으며 대답했습니다.

"네 얘기가 너무 웃기는 구나! 네놈을 데려오려고 20솔디를 썼다는 걸 알아야지, 내 돈을 돌려다오. 내가 뭘 할지 알겠니? 다시 한 번 너를 시장에 데려가서 마른 장작으로 팔아버릴 거란다."

그 사람이 화난 목소리로 소리쳤습니다.

"좋아요, 팔아 보세요. 나는 좋아요."

피노키오가 말했습니다. 하지만 피노키오는 말하면서 재빨리 뛰어올라 바다로 뛰어들었습니다. 아주 빨리 헤엄쳐 나가며, 그 사람을 비웃으며 소리쳤습니다.

"안녕히 계세요, 주인님. 혹시 북 가죽이 필요하시다면 저를 기억해 주세요."

피노키오는 계속해서 헤엄쳤습니다. 잠시 후, 피노키오는 다시 돌아서서 전보다 더 큰 소리로 외쳤습니다.

"안녕히 계세요, 주인님. 혹시 좋은 마른 장작이 필요하시다면 저를 기억해 주세요."

눈 깜짝할 사이에 피노키오는 거의 보이지 않을 만큼 바다 저 멀리 달아났습니다. 피노키오의 모습이라곤 파란 수면 위를 빠르게 움직이는 아주 작은 검은 점 하나만 보일 뿐이었습니다. 그 작은 검은 점은 이따금씩 다리나 팔을 공중으로 들어 올렸습니다.

마치 피노키오가 햇빛 아래서 노는 돌고래로 변한 것 같았습니다.

피노키오는 한참을 헤엄치다가 바다 한가운데 커다란 바위가 있는 것을 보았습니다. 대리석처럼 하얀 바위였습니다. 바위 위에는 작은 염소 한 마리가 울부짖으며 피노키오에게 오라고 손짓하고 있었습니다.

그 작은 염소는 뭔가 이상했습니다. 다른 염소들처럼 하얗거나 검거나 갈색이 아니라, 푸른색, 즉 아름다운 나의 요정님을 떠올리게 하는 그런 깊고 눈부신 색깔이었습니다.

피노키오의 심장이 빠르게 요동치기 시작했습니다. 그는 온 힘을 다해 하얀 바위로 헤엄쳤습니다. 거의 반쯤 왔을 때, 갑자기 무시무시한 무언가가 물 밖으로 머리를 내밀었습니다. 거대한 머리에 커다란 입이 활짝 벌어져 있었고, 세 줄의 번쩍이는 이빨이 드러났습니다. 보기만 해도 공포에 질릴 정도였습니다.

여러분은, 그게 뭐였는지 아시겠어요?

그것은 바로 거대한 바다 괴물이었습니다. 이 바다 괴물은 이 이야기에서 자주 등장했으며, 잔인하게 물고기를 닥치는 대로 잡아먹기 때문에 물고기와 어부들 사이에서는 "바다의 아띨라(유럽에 대제국을 건설한 훈족의 왕)"라는 별명이 붙었습니다.

불쌍한 피노키오! 바다 괴물을 보고는 거의 죽을 뻔했습니다! 피노키오는 바다 괴물에게서 헤엄쳐 도망치려고, 길을 바꾸려고, 도망치려고 했지만, 그 거대한 입이 점점 더 피노키오에게 가까이

다가왔습니다.

"빨리 와, 피노키오, 빨리 서둘러!"

높은 바위 위에 있던 작은 염소가 울부짖었습니다.

피노키오는 팔, 몸, 다리, 발 등 모든 몸을 이용해 필사적으로 헤엄쳤습니다.

"빨리, 피노키오! 괴물이 점점 더 다가오고 있어!"

피노키오는 점점 더 빨리, 점점 더 힘차게 헤엄쳤습니다.

"빨리, 피노키오! 괴물이 널 따라 잡을 거야! 저기 있어! 저기 있어! 빨리, 빨리, 안 그러면 넌 잡아먹히고 말아!"

피노키오는 물살을 가르며 총알처럼 빠르게 나아갔습니다. 점점 더 빠르게. 바위에 다다르자 염소가 몸을 숙여 피노키오의 발굽 하나를 건져주며 피노키오를 물 밖으로 끌어올리려고 했습니다.

아아! 너무 늦었습니다. 괴물이 피노키오를 따라잡았고, 피노키오는 거대한 바다 괴물의 반짝이는 하얀 이빨 사이로 갇혔습니다. 하지만 바다 괴물은 아주 잠깐 동안만 숨을 들이쉬었습니다. 숨을 들이쉬는 동안 마치 달걀을 빨아먹듯 피노키오를 순식간에 삼켜버렸습니다. 피노키오는 바다 괴물 몸속으로 떨어졌습니다. 얼마나 세게 떨어졌는지 30분 동안 멍하니 있었습니다.

피노키오가 정신을 차렸을 때, 자신이 어디에 있는지 기억하지 못했습니다. 주변은 온통 캄캄한 어둠뿐이었습니다. 너무나 깊고 칠흑 같은 어둠에 잠시 동안 피노키오는 잉크병에 머리를 집어넣은 것 같았습니다. 피노키오가 잠시 귀를 기울였지만 아무 소리도 들리지 않았습니다. 이따금 차가운 바람이 그의 얼굴에 불어왔습니다. 처음에는 그 바람이 어디서 오는지 알 수 없었지만, 잠시 후 괴물의 폐에서 나오는 바람이라는 것을 알게 되었습니다. 바다 괴물이 천식을 앓고 있어서 숨을 쉴 때마다 폭풍이 몰아치는 것만 같았습니다.

피노키오는 처음에는 용기를 내 보려고 했지만, 자신이 정말 바다 괴물 뱃속에 있다는 것을 깨닫고는 흐느끼며 울기 시작했습니다.

"도와주세요! 도와주세요! 아이고, 불쌍한 나를! 누가 와서 나 좀 구해 주세요?"

피노키오가 소리쳤습니다.

"누가 널 도와줄 수 있겠니, 이 불쌍한 녀석아?"

음이 맞지 않는 기타처럼 거친 목소리가 말했습니다.

"누가 말하는 거야?"

피노키오는 너무 놀라 가슴이 오그라드는 공포를 느끼며 굳어 버린 채 물었습니다.

"나야, 너와 바다 괴물에게 함께 삼켜진 불쌍한 참치. 그런데 넌 대체 어떤 물고기니?"

"물고기와는 아무 상관이 없어요. 난 마리오네트예요."

"물고기가 아니라면, 왜 이 괴물이 너를 삼킨 거니?"

"내가 삼키게 내버려 둔 게 아니에요. 바다 괴물이 날 쫓아와

서 말도 없이 그냥 집어삼켰어요! 이제 이런 어둠 속에서 뭘 해야 하죠?"

"뭘 하긴. 바다 괴물이 우리 둘 다 소화시킬 때까지 기다리는 거지 뭐."

"하지만 난 소화되고 싶지 않아요."

피노키오가 흐느껴 울며 소리쳤습니다.

"나도 그래. 하지만 난 물고기로 태어나서 사람들의 프라이팬에서 튀겨져서 죽는 것보다는 물속에서 죽는 것이 차라리 더 낫다고 생각할 만큼은 현명하단다."

참치가 말했습니다.

"그게 무슨 말도 안 되는 소리예요!"

피노키오가 소리쳤습니다.

"단지, 내 의견일 뿐이야. 하지만 남의 의견도 존중해 주어야 하지."

참치가 대답했습니다.

"하지만 저는 이곳을 벗어나고 싶어요. 도망치고 싶다고요."

"갈 수 있다면 해봐!"

"우리를 오랫동안 삼킨 이 바다 괴물은 얼마나 큰가요?"

피노키오가 물었습니다.

"꼬리를 제외하면 이 바다 괴물의 몸길이는 거의 2킬로미터 가까이 될걸."

피노키오는 어둠 속에서 참치와 이야기하던 중 저 멀리서 희미한 불빛이 보이는 것 같았습니다.

"저 멀리 보이는 것은 대체 뭘까요?"

피노키오가 참치에게 물었습니다.

"다른 불쌍한 물고기들일 거야. 우리처럼 바다 괴물 뱃속에서 소화되기를 기다리고 있는 중이겠지."

"그를 만나보러 가고 싶어요. 탈출 방법을 알고 있는 늙은 물고기일지도 모르잖아요."

"행운을 빌게, 마리오네트."

"잘 있어요."

"잘 가, 마리오네트. 행운을 빌어."

"우린 언제가 다시 만날 수 있을까요?"

"누가 알겠어? 생각하지 않는 게 더 나을 것 같아."

CHAPTER 35
바다 괴물 몸속에서 아빠를 만난 피노키오

피노키오는 바다 괴물의 몸속에서 누구를 찾았을까요? 여러분은, 이 장을 읽고 나면 알게 될 겁니다.

피노키오는 좋은 친구인 참치에게 작별인사를 한 후, 어둠 속으로 비틀거리며 걸어가 멀리서 희미하게 빛나는 빛을 향해 빠르게 걷기 시작했습니다.

피노키오가 걸어가는데 그 길이 너무 기름지고 미끄러워서 발이 물웅덩이에 첨벙거렸습니다. 그 물에서는 기름에 튀긴 생선 같은 너무도 고약한 냄새가 나서 피노키오는 마치 사순절(기독교인들이 예수의 고행을 기리는, 성회 수요일부터 부활절 일요일 전날까지의 40일간)인 줄 알았습니다.

피노키오가 더 가까이 다가갈수록 작은 불빛은 더욱 밝고 선명해졌습니다. 피노키오는 계속해서 걸었고, 마침내 피노키오는 유리병에 꽂은 촛불로 밝혀진 저녁 식사용 작은 식탁을 발견했습니다. 식탁 옆에는 눈처럼 하얀 작은 할아버지 앉아서 활어를 드시고 있었습니다. 활어들은 꿈틀거리며 이따금씩 할아버지의 입에서 빠져나와 식탁 밑 어둠 속으로 사라졌습니다.

이 광경을 본 불쌍한 피노키오는 너무나 행복에 겨워서 거의 기절할 뻔했습니다. 웃고 싶고, 울고 싶고, 하고 싶은 말이 천 가지나 있었지만, 할 수 있는 건 그저 가만히 서서 말을 더듬거리며 버둥거리는 것뿐이었습니다. 마침내, 기쁨의 환호를 지르고는 두 팔을 활짝 벌려 할아버지의 목에 매달렸습니다.

"아, 아빠, 사랑하는 나의 아빠! 드디어 아빠를 찾았어요? 이제 다시는 아빠와 헤어지지 않겠어요!"

"내 눈이 지금 어떻게 된 게 아닐까? 네가 정말 내 사랑하는 피노키오냐?"

제페토 할아버지가 눈을 비비며 말했습니다.

"네, 네, 바로 저예요! 피노키오라고요! 절 용서해 주실 거죠, 그렇죠? 오, 사랑하는 아빠, 아빠는 너무너무 좋은 분이세요! 그리고 전……. 저에겐 얼마나 많은 안 좋은 일들이 닥쳤는지, 얼마나 많은 고난을 겪었는지 아신다면! 아빠는 학교에 갈 수 있도록 내게 책을 사주시려고 낡은 코트를 팔았던 날, 그날 나는 마리오네트 극장으로 달려갔고, 극장 주인이 나를 붙잡아 구운 양고기를 요리하는데 땔감으로 쓰려고 불 속으로 집어넣으려고 했어요!

그리고 극장 주인은 아빠에게 갖다 드리라고 금화 다섯 개를 나에게 주었지만, 나는 여우와 고양이를 만났어요. 그들은 나를 붉은 가재의 여관으로 데려가서 마치 늑대처럼 엄청 먹어댔어요. 여우와 고양이는 나는 여관에 홀로 남겨두고 갔어요. 나는 깜깜한 밤중에 혼자 길을 나섰다가 숲에서 도둑들을 만나게 되었어요. 나는 도망쳐 달렸고, 도둑들은 계속해서 나를 쫓아왔어요. 그리고 그들은 나를 붙잡아 거대한 떡갈나무 가지에 매달았어요. 그때 파란 머리의 요정이 나를 구출하기 위해 마차를 보냈어요. 의사들은 나를 진찰하고는 '이 마리오네트는 죽은 것 같습니다. 하지만 만약 어떤 불운한 일이 생겨서 그렇지 않다면, 그건 그가 아직 살아 있다는 확실한 신호일 겁니다!'라고 말했어요. 그런데 내가 거짓말을 했고, 그래서 코가 자라기 시작했어요. 코는 계속 자라서 방문을 열 수 없을 정도로 자랐어요. 그러고는 여우와 고양이와 함께 금화 네 개를 묻으러 경이로운 들판으로 갔어요. 그런데 앵무새가 저를 비웃었고, 이천 개의 금화는커녕 단 한 푼도 찾지 못했어요. 그런데 재판관은 제가 도둑을 맞았다는 소식을 듣고는 오히려 저를 감옥에 보냈어요. 도둑들만 좋게 된 거죠. 그리고 제가 감옥에서 나왔고, 포도나무에 멋진 포도송이가 매달려 있는 것을 보았어요. 그런데 나는 덫에 걸렸고, 농부는 저에게 개 목줄을 채워주고 닭장을 지키는 감시견으로 삼았어요. 족제비를 잡았을 때, 내가 죄를 짓지 않은 걸 알고 포도밭 주인은 저를 풀어주었어요. 그런데 꼬리에 연기가 나는 뱀은 웃기 시작했고, 얼마나 웃었던지 핏줄이 터져 버렸어요. 그래서 저는 요정님의 집으로 돌아갔어요. 하지만 요정은 죽었어요. 너무나 슬퍼서 우는 나를 보고 비둘기는 말했어요. '네 아빠가 너를 찾으려고 조그만 배를 만드는 것을 봤어.' 나는 비둘기에게 말했어요. '아, 내가 만약 '날개가 있으면!'이라고 말했더니, '아빠한테 가고 싶니?'라고 묻더라고요. '그렇지만, 어떻게?'라고 묻자, '내 등에 올라타. 내가 데려다줄게.'라고 말하더라고요. 우리는 밤늦게까지 날아갔고, 다음 날 아침 바닷가에 도착했을 때 어부들은 바다를 바라보며, '불쌍한 사람이 저 조그만 배에 타고 있는데, 배가 가라앉으려고 해, 불쌍한 작은 사람이 빠져 죽겠어!'라고 소리쳤어요. 그리고 저는 그게 바로 아빠라는 걸 알았어요. 제 마음이 그렇게 말했기에, 저는 해안에서 아빠에게 빨리 빠져나오라고 손을 흔들었죠."

"나도 널 알아보았어. 너한테 가고 싶었는데, 어떻게 갈 수 있었겠어? 바다는 거칠고 흰 파도가 배를 뒤집었어. 그때 무서운 바다 괴물이 바다 속에서 올라와 물속에 있는 나를 보자마자 재빨리 와서 혀를 내밀더니 마치 초콜릿 페퍼민트처럼 나를 삼켜 버렸어."

제페토 할아버지가 끼어들어 말했습니다.

"아빠는 얼마나 오랫동안 여기에 갇혀 있었어요?"

"그날부터 오늘까지, 길고 긴 2년이란다, 피노키오야. 2년이 마치 200년이나 더 지난 것 같구나."

"바다 괴물 뱃속에서 어떻게 지내셨어요? 촛불은 어디서 구하셨어요? 그리고 불을 키는 성냥은 또 어디서 구하셨어요?"

"내 배를 덮친 폭풍 속에서 또 다른 큰 배 한 척도 똑같은 운명을 맞았지. 선원들은 모두 구조되었지만, 배는 바로 바다 밑으로 가라앉았고, 나를 삼켰던 바로 그 끔찍한 바다 괴물이 그 배의 대부분을 삼켜버렸거든."

"뭐라고요! 배를 삼켰다고요?"

피노키오가 놀라며 물었습니다.

"그래, 한 번에 꿀꺽. 바다 괴물이 뱉어낸 건 돛대 하나뿐이었어. 이빨에 생선 가시처럼 끼어 있었거든. 다행히도 그 배에는 고기, 보존 식품, 크래커, 빵, 와인 병, 건포도, 치즈, 커피, 설탕, 왁스 양초, 그리고 성냥갑이 잔뜩 실려 있었지. 이 모든 물품들 덕분에 2년 동안을 살 수 있었지만, 이제 마지막 남은 부스러기라고는 없단다. 이제는 창고에 아무것도 남아 있지 않고, 여기 보이는 이 양초가 내가 가진 마지막 양초란다."

"그럼, 이젠 어떻게 하죠?"

"우리는 캄캄한 어둠 속에서 살아야 할 거야."

"그럼, 사랑하는 아빠, 더 이상 지체할 시간이 없어요. 빨리 탈출할 방법을 찾아야 해요."

피노키오가 말했습니다.

"탈출! 어떻게?"

"바다 괴물 입에서 빠져나가 바다로 뛰어들어 헤엄쳐야 해요."

"말은 쉽지만, 나는 수영을 못한단다, 피노키오야."

"그게 뭐 중요해요? 내 어깨에 올라타시면 돼요. 전 수영을 잘하니까요. 육지까지 안전하게 데려다드릴게요."

"꿈 깨라, 애야! 키가 1미터도 안 되는 네가 나를 어떻게 어깨에 업고 헤엄칠 수 있다는 말이냐?"

아빠가 고개를 가로저으며 슬픈 미소를 짓고 말했습니다.

"한번 해 봐요! 어쨌든 우리가 죽어야 할 운명이라면, 적어도 함께 꼭 잡고 죽는 게 나을 거 아니에요."

피노키오는 더 이상 아무 말도 하지 않고 촛불을 손에 들고 길을 밝히러 나아가며 아빠에게 말했습니다.

"저를 따라오세요. 너무 두려워하지 마세요."

아빠와 아들은 바다 괴물의 배와 온몸을 뚫고 먼 거리를 걸어갔습니다. 바다 괴물의 목구멍에 다다르자, 잠시 멈춰 서서 탈출할 적당한 순간을 기다렸습니다.

바다 괴물은 나이가 많고 천식과 심장병을 앓고 있기 때문에 입을 벌리고 잠을 자야만 했습니다. 덕분에 피노키오는 바다 괴물의 열린 입 밖으로 별이 가득한 하늘을 엿볼 수 있었습니다.

"이제 탈출할 때가 됐어요. 바다 괴물은 깊이 잠들었고 바다는 고요하고 밤은 낮처럼 아주 밝아요. 아빠, 저를 잘 따라오세요. 그러면 곧 탈출할 수 있을 거예요."

피노키오는 아빠에게 돌아서며 속삭였습니다.

아빠와 아들은 바다 괴물의 목구멍을 기어올라 거대하고 벌어진 입에 다다랐습니다. 그곳에서는 발끝으로만 걸어야 했습니다.

바다 괴물의 긴 혀를 간질이면 깨어날 수도 있을 것 같았기 때문입니다. 혀는 너무 넓고 길어 마치 시골의 오솔길을 걷는 것 같았습니다. 아빠와 아들이 막 바다에 뛰어들려는 순간, 바다 괴물은 갑자기 "에취" 재채기를 했습니다. 그 재채기 때문에 아빠와 아들은 큰 충격을 받고 나가 떨어졌습니다. 그들은 땅에 팽개쳐지고 다시 한 번, 그것도 아주 당연하게 바다 괴물의 뱃속으로 다시 돌아오고 만 것입니다.

설상가상으로 촛불도 꺼졌기 때문에 아빠와 아들은 어둠 속에 남겨졌습니다.

"그럼, 이제는 어쩌죠?"

피노키오가 진지한 얼굴로 아빠에게 물었습니다.

"이제 우리는 길을 잃었어."

"길을 잃었다고요? 아빠, 제게 손을 주세요. 그리고 미끄러져 넘어지지 않도록 조심하세요!"

"어딜 가려는 거냐?"

"다시 탈출을 시도해야죠. 나랑 같이 가요. 두려워하지 마세요."

이 말과 함께 피노키오는 아빠의 손을 잡고 발끝으로 걸으며 두 번째로 바다 괴물의 목구멍을 기어올랐습니다. 그리고 혀를 가로질러 세 줄의 이빨에 올라섰습니다. 그리고는, 마지막으로 크게 점프를 하기 전에, 피노키오는 아빠에게 말했습니다.

"내 등에 올라타서 목을 꽉 잡으세요. 그 다음은 다 내가 다

알아서 할게요."

아빠가 어깨에 편안히 앉자마자, 피노키오는 자신이 무엇을 하고 있는지 확신하며 물속으로 뛰어들어 헤엄치기 시작했습니다. 바다는 기름처럼 맑고 달은 온통 찬란하게 빛났으며, 바다 괴물은 대포 소리에도 깨지 않을 만큼 깊이 잠들어 있었습니다.

CHAPTER 36
마침내 진짜 소년이 된 피노키오

피노키오는 참치의 도움으로 무사히 아빠와 함께 육지에 도착합니다. 피노키오는 열심히 공부하고, 열심히 일해서 아빠를 잘 돌보아 드립니다. 마침내 피노키오는 요정님으로부터 용서를 받아 진짜 소년이 됩니다.

"사랑하는 아빠, 우리는 살았어요! 이제 우리가 해야 할 일은 바닷가로 가는 것뿐이에요. 그건 아주 쉬운 일이에요."
피노키오가 외쳤습니다.
피노키오는 아무 말 없이 빨리 육지에 도착하려고 열심히 헤엄쳐 나갔습니다. 그때 갑자기 아빠가 고열에 걸린 듯 몸을 덜덜 떨고 있는 것이 눈에 띄었습니다.
두려움에 떨고 있는 걸까, 아니면 추위에 떨고 있는 걸까? 누가 알겠어요? 어쩌면 둘 다 조금씩일지도 모릅니다. 하지만 피노키오는 아빠가 두려움에 떨고 있다고 생각하며 이렇게 말하며 위로하려 했습니다.

"힘내세요, 아빠! 곧 안전하게 육지에 도착할 거예요."

"그런데 그 육지는 어디에 있냐?"

제페토 할아버지는 저 멀리 있는 그림자를 보려고 애쓰며 점점 더 걱정스러워하며 물었습니다.

"사방을 아무리 둘러보아도 바다와 하늘밖에 보이지 않는구나."

"바닷가가 보여요. 아빠, 저는 고양이같이 낮보다 밤에 더 잘 보이거든요."

피노키오가 말했습니다.

불쌍한 피노키오는 평화롭고 아무 걱정이 없는 척했지만, 사실은 그렇지 않았습니다. 피노키오는 낙담하기 시작했고, 기운이 빠져나가고, 숨쉬기도 점점 힘들어졌습니다. 더 이상 버틸 수 없을 것 같았고, 바닷가는 아직도 멀었습니다.

피노키오는 몇 번 더 헤엄쳤습니다. 그러고는 아빠에게 돌아서서 힘없이 소리쳤습니다.

"아빠, 도와주세요! 도와주세요. 저 죽겠어요!"

아버지와 아들은 정말 익사 직전이었습니다. 그런데, 어디선가 바다에서 음이 맞지 않는 기타 같은 목소리가 들리는 것을 들었습니다.

"어이, 거기 누가 죽겠다는 거야?"

"저와 불쌍한 제 아빠요."

"아, 그 목소리 알겠다. 너 피노키오지?"

"맞아요. 그럼, 당신은 누구세요?"

"나, 난 바다 괴물 뱃속에 같이 있던 친구, 참치."

"아, 어떻게 탈출했어요?"

"널 따라했지. 내게 방법을 가르쳐 준 건 바로 너야, 네가 나간 후에 난 너를 따라갔어."

"참 딱 맞는 순간에 나타나주셨어요. 제발 우리를 도와줘요. 안 그러면 우리는 죽을지도 몰라요!"

"좋아. 두 사람 다 내 꼬리를 꼭 잡아요. 눈 깜짝할 새에 육지에 안전하게 데려다 줄게요."

피노키오와 제페토 할아버지는 참치가 지시하는 대로 따랐습니다. 사실, 꼬리에 매달리는 대신 참치의 등에 올라가는 게 더 낫겠다고 생각했습니다만.

"우리가 너무 무거워요?"

피노키오가 물었습니다.

"무겁다고? 전혀. 넌 조개껍질만큼 아주 가벼워."

두 살배기 말처럼 덩치가 큰 참치가 대답했습니다.

그들이 바닷가에 도착하자마자, 피노키오는 늙은 아빠를 돕기 위해 가장 먼저 땅으로 뛰어내렸습니다. 그리고 참치에게 돌아서서 말했습니다.

"사랑하는 친구, 내 아빠를 구해 주었어요. 뭐라고 감사의 마음을 전할 말이 없네요! 영원한 감사의 표시로 입맞춤을 해도 될까요?"

참치는 물 밖으로 코를 내밀었고, 피노키오는 모래 위에 무릎을 꿇고 그의 뺨에 다정하게 입을 맞추었습니다. 이 따뜻한 인사에, 그런 다정함에 익숙하지 않았던 참치는 아이처럼 울었습니다. 참치는 너무 부끄럽고 창피해서 재빨리 돌아서 바다로 뛰어들어 사라졌습니다.

그 사이에 날이 밝았습니다.

피노키오는 서 있기조차 힘들 정도로 약해진 아빠에게 팔을 내밀며 이렇게 말했습니다.

"사랑하는 아빠, 제 팔에 기대세요. 아주 천천히 걸을 거예요. 피곤하면 길가에서 쉬면 돼요."

"어디로 가는 거지?"

아빠가 물었습니다.

"우리에게 빵 한 조각과 잠자리로 쓸 짚을 줄 만큼 친절한 집이나 오두막을 찾고 있어요."

아빠와 아들은 걸음을 걸은 지 얼마 안 되서, 돌 위에 앉아 구걸하는 험상궂은 인상의 두 거지를 보았습니다.

바로 여우와 고양이였습니다. 그들의 몰골은 너무도 비참해 보여서 거의 알아볼 수가 없었습니다. 고양이는 오랫동안 앞 못 보

는 척하다가 결국 두 눈의 시력을 모두 잃었습니다. 늙고 깡마르고 털이 거의 없는 여우는 꼬리까지 잃었습니다. 그 교활했던 도둑은 극심한 가난에 시달렸고, 어느 날 아름다운 꼬리를 파리채가 필요한 떠돌이 장사치에게 팔아야만 했습니다.

"오, 피노키오. 우리에게 자선을 베풀어 줘! 우리는 늙고 지치고 병들었어."

여우는 눈물 어린 목소리로 외쳤습니다.

"병들었어!"

고양이가 여우의 말끝을 따라서 되풀이했습니다.

"안녕, 거짓된 친구들이여! 너희는 나를 한 번은 속였지만, 두 번 다시는 속을 일이 없을 거야."

피노키오가 대답했습니다.

"믿어줘! 우리는 정말 가난하고 굶주리고 있어!"

"굶주리고 있어!"

고양이가 여우의 말끝을 따라서 되풀이했습니다.

"가난하면 그럴 만도 하지! 옛 속담에 '훔친 돈은 결코 열매를 맺지 못한다.'는 말이 있잖아. 안녕, 거짓 친구들이여."

"우리에게 자비를 베풀어 줘!"

"우리가 불쌍하지 않아?"

"안녕, 거짓된 친구들이여. '나쁜 밀은 항상 나쁜 빵을 만든다!'라는 옛 속담을 명심해!"

"우리를 버리지 마!"

"버리지 마!"

고양이가 여우의 말끝을 따라서 되풀이했습니다.

"안녕, 거짓된 친구들이여. '이웃의 셔츠를 훔치는 자는 대개 자기 셔츠 없이 죽는다.'라는 옛 속담을 명심해!"

피노키오와 제페토 할아버지는 손을 흔들며 작별 인사를 한 후, 차분하게 길을 떠났습니다. 몇 걸음 더 가자, 나무 덤불 근처

긴 길 끝에 짚으로 만들어진 작은 오두막이 보였습니다.

"저 작은 오두막에 누군가가 살고 있을 것 같아요. 직접 가서 확인해 봐요."

피노키오가 말했습니다.

피노키오와 제페토 할아버지는 그 집 앞에 가서 문을 두드렸습니다.

"누구세요?"

집 안에서 작은 목소리가 들려왔습니다.

"불쌍한 아빠와 아들이에요. 먹을 것도 없고, 잠잘 집도 없어요."

피노키오가 대답했습니다.

"열쇠를 돌리면 문이 열릴 거예요."

아까와 같은 작은 목소리가 말했습니다.

피노키오가 열쇠를 돌리자 문이 열렸습니다. 집 안에 들어서자마자 여기저기를 둘러보았지만 아무도 보이지 않았습니다.

"오두막 주인은 어디 계신 가요?"

피노키오는 매우 놀라며 말했습니다.

"여기, 여기 위에 있어!"

아버지와 아들은 천장을 올려다보았습니다. 대들보 위에 말하는 귀뚜라미가 앉아 있었습니다.

"오, 나의 사랑하는 귀뚜라미!"

피노키오가 정중하게 인사하며 말했습니다.

"아, 지금은 나를 '사랑하는 귀뚜라미'라고 부르지만, 전에는 나를 죽이려고 나무망치를 던졌던 것을 기억하니?"

"응. 맞아, 귀뚜라미야. 지금 당장 나한테 나무망치를 던져 봐. 너는 그럴 자격이 있어! 하지만 불쌍한 우리 아빠는 살려 줘."

"아빠와 아들 둘 다 용서해 주겠어. 다만 네가 오래전에 내게 저지른 짓을 상기시켜 주고 싶었을 뿐이야. 이 세상에서 우리가 곤경에 처했을 때 친절과 예의를 찾으려면 다른 사람들에게 친절하고 예의 바르게 행동해야 한다는 걸 너에게 가르쳐 주려고 그랬던 거야."

"네 말이 맞아, 귀뚜라미야. 네 말을 가슴에 새길게. 네가 가르쳐 준 교훈을 꼭 기억할게. 그런데 이 예쁜 작은 오두막을 어떻게 구하게 되었는지 말해 줄 수 있겠니?"

"이 오두막은 어제 파란 털을 가진 작은 염소가 나에게 준 거야."

"그럼 염소는 어디로 갔을까?"

피노키오가 물었습니다.

"모르겠는데."

"그럼, 언제 다시 돌아올까?"

"아마도 다시는 돌아오지 않을 거야. 어제 슬프게 울부짖으며 떠났는데, 내 생각에는 이렇게 말하는 것 같았어. '불쌍한 피노키오, 다시는 그를 볼 수 없을 거야…… 바다 괴물이 벌써 그를 잡아먹었을 거야.'"

"그게 진짜야? 정말 그렇게 말했어? 그럼 바로 나의 착한 요정 님이야. 틀림없이 내 사랑스런 꼬마 요정님이라고."

피노키오는 흐느끼며 소리쳤습니다. 한참 울고 난 후, 피노키오는 눈물을 닦고 늙은 제페토 아빠에게 짚단을 만들어 주었습니다. 피노키오는 아빠를 그 위에서 쉬게 해 드리고는 말하는 귀뚜라미에게 말했습니다.

"말해줘, 작은 귀뚜라미야, 불쌍한 아빠를 위해 우유 한 잔을 어디서 구할 수 없을까?"

"여기서 밭을 세 개만 지나면 존이라는 농부가 살고 있어. 소를 몇 마리 키우고 있으니까 거기로 가봐. 원하는 걸 구할 수 있을 거야."

피노키오는 존 농부의 집까지 달려갔습니다. 농부는 피노키오에게 말했습니다.

"우유를 얼마나 줄까?"

"한 잔 가득 채워주세요."

"한 잔 가득 채우는 데 1페니야. 먼저 1페니를 줘."

"저는 한 푼도 없어요."

피노키오는 슬프고 부끄러운 듯 대답했습니다.

"안됐구나, 마리오네트야. 안됐어. 네가 동전 한 푼 없으면 나도 우유 한 방울도 줄 수 없어."

농부가 대답했습니다.

"안타깝네요."

피노키오가 말하며 떠나려고 했습니다.

"잠깐만, 어쩌면 합의를 볼 수 있을지도 몰라. 우물에서 물을 긷는 법을 아니?"

농부 존이 말했습니다.

"할 수 있어요."

"그러면 저기 보이는 우물로 가서 물통 백 개를 길어 오너라."

"좋아요."

"다 한 후에, 따뜻한 달콤한 우유 한 잔을 줄게."

"만족해요."

농부 존은 피노키오를 우물로 데려가 물을 긷는 법을 보여주었습니다. 피노키오는 자기가 아는 대로 열심히 일했지만, 백 개의 양동이를 모두 끌어올리는데 지쳐 땀으로 흠뻑 젖어 있었습니다. 평생 그렇게 열심히 일해 본 적이 없었습니다.

"지금까지는 내 당나귀가 나를 위해 물을 길어 주었는데, 이제 그 불쌍한 동물이 죽어가고 있어."

농부는 말했습니다.

"그 당나귀를 제가 볼 수 있을까요?"

피노키오가 말했습니다.

"그래라."

피노키오가 마구간에 들어가자마자 마구간 구석 짚더미에 누워 있는 작은 당나귀를 발견했습니다. 배고픔과 과로로 지쳐 있었습니다. 오랫동안 당나귀를 바라보던 피노키오는 속으로 생각했습니다.

'저 당나귀, 난 알아! 전에도 본 적이 있어.'

그리고 피노키오는 당나귀에게 몸을 굽혀서 당나귀 말로 물었습니다.

"넌 누구니?"

이 질문에 당나귀는 지치고 죽어가는 눈을 뜨고 같은 말로 대답했습니다.

"나는 램프 심지야."

그러고는 그 당나귀는 눈을 감고 죽었습니다.

"아, 불쌍한 내 친구 램프 심지."

피노키오는 땅에서 주운 짚으로 눈물을 닦으며 흐릿한 목소리로 말했습니다.

"아무 값도 안 나가는 작은 당나귀가 그렇게 불쌍하냐? 내가 어떻게 해야 할까? 그놈을 내 돈 주고 샀는데 말이야."

농부가 말했습니다.

"그 당나귀는 제 친구였어요."

"네 친구라고?"

"제 같은 반 친구예요."

"뭐라고? 뭐! 학교에 당나귀가 있었다고? 얼마나 공부를 잘 했을까!"

농부 존이 웃음을 터뜨리며 소리쳤습니다.

농부의 말에 부끄럽고 상처받은 피노키오는 대답하지 않고 우유 잔을 들고 아빠에게 돌아왔습니다.

그날부터 5개월이 넘도록 피노키오는 매일 아침 동이 트자마자 일어나 농장에 물을 길러 갔습니다. 그리고 매일 따뜻한 우유 한 잔을 받아 가난한 늙은 아빠를 위해 가져다 드렸고, 아빠는 점점 더 건강해졌습니다. 하지만 피노키오는 이에 만족하지 않고 갈대 바구니를 만들어 팔았습니다. 그렇게 받은 돈으로 피노키오와 아빠는 굶주림을 면할 수 있었습니다.

피노키오는 무엇보다도 밝고 화창한 날에 늙은 아빠를 모시고 나가서 햇볕을 쬐게 할 수 있는 튼튼하고 편안한 이동식 의자를 만들었습니다.

저녁 무렵, 피노키오는 등불 아래서 공부를 했습니다. 번 돈으로 몇 페이지가 빠진 중고 책을 샀는데, 그것으로 글을 읽는 법을 빨리 배웠습니다. 글을 쓸 때는 한쪽 끝에 길고 가는 펜을 깎아 만든 긴 막대기를 사용했습니다. 잉크가 없어서 블랙베리나 체리 즙을 사용했습니다. 피노키오의 노력은 조금씩 보상을 받았습니다. 그는 공부뿐 아니라 일에서도 좋은 결과가 있었습니다. 늙은 아빠를 편안하고 행복하게 모실 수 있을 만큼 돈을 모았습니다.

어느 날 피노키오는 아빠에게 이렇게 말했습니다.

"제 코트랑 모자랑 신발 한 켤레를 사러 시장에 갈 거예요. 돌아왔을 땐, 새로 산 옷으로 갈아입을 거예요. 엄청 멋진 신사가 되어 있을 거예요."

피노키오는 집에서 나와 마을로 향하는 길을 따라 웃고 노래 하며 걸어갔습니다. 그런데 어디선가 갑자기 자기 이름을 부르는 소리가 들렸습니다. 목소리가 어디서 나오는지 둘러보던 피노키 오는 덤불 속에서 커다란 달팽이 한 마리가 기어 나오는 것을 보았습니다.

"나를 알아보지 못하겠니?"

달팽이가 말했습니다.

"알 것 같기도 하고 아닌 것 같기도 한데."

"파란 머리 요정님과 함께 살았던 달팽이야, 기억나? 어느 날 밤, 요정님이 문을 열어주고 먹을 것을 주었던 기억이 안 나?"

"아, 다 기억나. 빨리 대답해봐, 예쁜 달팽이야. 내 요정님은 어 디에 두고 온 거야? 요정님은 뭘 하고 있는 거지? 나를 용서해 줬을까? 나를 기억해 줄까? 아직도 나를 사랑해 줄까? 요정님은 여

기서 아주 멀리 떨어져 있는 걸까? 만나도 될까?"

피노키오가 소리쳤습니다.

이 모든 질문을 잇달아 쏟아지자 달팽이는 언제나처럼 침착하게 대답했습니다.

"사랑스런 피노키오, 요정님은 병원에 누워 계셔."

"병원에?"

"응, 그래. 요정님은 온갖 고난과 병에 시달리고, 지금은 빵 한 조각 살 돈도 한 푼도 남지 않았어."

"정말? 아, 정말 가슴이 미어지는 소식이네! 내 불쌍하고 귀여운 요정님! 내게 많은 돈이 있다면 그걸 가지고 요정에게 달려갔을 텐데! 그런데 지금은 얼마 없지만, 여기 있어. 옷 좀 사려고 했는데. 자, 이 작은 달팽이야. 요정님에게 가져다 드려."

"그럼, 네 새 옷은 어떻게 하고?"

"그게 뭐 그렇게 중요해? 내가 입고 있는 이 누더기를 팔아서라도 엄마를 더 돕고 싶어. 빨리 가. 며칠 뒤에 다시 오면 너한테 줄 돈이 더 있을 거야! 오늘까지는 아빠를 돌보기 위해서 일했는데, 이제는 엄마를 위해서라도 더 열심히 일해야겠다. 잘 있어. 곧 다시 보자."

달팽이는 평소와는 달리 뜨거운 여름 햇빛 아래서 도마뱀처럼 아주 빠르게 달리기 시작했습니다.

피노키오가 집에 돌아왔을 때, 아빠는 피노키오에게 물었습니다.

"새 옷은 어디 있니?"

"제게 맞는 걸 찾을 수가 없었어요. 다음에 다시 찾아봐야겠어요."

그날 밤, 피노키오는 평소에는 10시에 잠자리에 들었지만, 오늘은 10시에 잠자리에 들지 않고 자정까지 갈대 바구니를 8개 만드는 대신 16개를 만들었습니다.

그 후 피노키오는 잠자리에 들었습니다. 잠든 사이에 피노키오는 아름답고 미소 짓고 있는 행복한 요정님이 자신에게 입을 맞추며 이렇게 말하는 꿈을 꾸었습니다.

"브라보, 피노키오! 네 따뜻한 마음에 보답하여, 네 모든 장난을 용서해 줄게. 늙고 병든 부모를 사랑하고 잘 돌보는 아이들은 비록 순종과 선행의 본보기가 되지 못할지라도 칭찬받을 만 해. 계속 그렇게 하면 행복해질 수 있을 거야."

바로 그 순간, 피노키오는 잠에서 깨어나 눈을 크게 떴습니다. 자신을 돌아보니 더 이상 마리오네트가 아니라 진짜 살아있는 소년이 되어 있었다는 사실에 얼마나 놀랐고 얼마나 기뻤던지! 그는 사방을 둘러보았고, 늘 그렇듯 짚으로 만든 벽 대신 아름답게 꾸며진 작은 방에 들어섰습니다. 그가 본 것 중 가장 아름다운 방이었습니다. 눈 깜짝할 새에 그는 침대에서 뛰어내려 옆에 놓인 의자를 바라보았습니다. 거기에는 새 정장, 새 모자, 그리고 새 신발 한 켤레가 있었습니다.

피노키오는 새 옷을 입자마자 주머니에 손을 넣고 작은 가죽

지갑을 꺼냈는데, 거기에는 다음과 같은 글이 적혀 있었습니다.

파란 머리의 요정은

사랑하는 피노키오에게

받은 돈을 돌려주며

그의 친절한 마음에

깊이 감사합니다.

피노키오가 지갑을 열자 금화 50개가 들어 있었습니다!

피노키오는 거울로 달려갔습니다. 피노키오는 자기 자신을 거의 알아보지 못했습니다. 거울에는 키 큰 소년의 밝은 얼굴이 그를 바라보고 있었습니다. 그는 눈을 크게 뜬 푸른 눈, 짙은 갈색 머리카락, 그리고 행복해 보이는 미소를 띤 입술을 하고 있었습니다.

그토록 화려한 광경에 둘러싸인 피노키오는 자신이 무엇을 하고 있는지 거의 알지 못했습니다. 그는 눈을 두세 번 비비며 자신이 아직 자고 있는 건지, 아니면 깨어 있는 건지 궁금해 하다가 결국 깨어 있는 게 틀림없다고 생각했습니다.

"아빠 어디 계세요?"

피노키오는 갑자기 소리쳤습니다. 옆방으로 달려가 보니, 하룻밤 사이에 몇 년이나 젊어진 제페토 아빠가 서 있었습니다. 새 옷을 입고 말끔하게 차려입은 아빠는 아침이면 종달새처럼 즐거워

보였습니다. 아빠는 다시 마스트로 제페토, 즉 나무 조각가가 되어 아름다운 액자를 만들고 꽃과 나뭇잎, 동물 머리로 장식하는 데 열중하고 있었습니다.

"아빠, 아빠, 무슨 일이에요? 말씀해 주세요."

피노키오가 소리치며 달려가 아빠의 목을 끌어안았습니다.

"우리 집의 이 갑작스러운 변화는 모두 네 덕분이란다, 나의 사랑하는 피노키오."

아빠가 대답했습니다.

"내가 무슨 상관이 있나요?"

"바로 이거예요. 나쁜 아이들이 착하고 친절해지면, 자기 집을 행복으로 밝고 새롭게 만들 수 있는 힘을 갖게 돼요."

"나무로 만든 그 옛날 마리오네트 피노키오는 어디에 숨었을까요?"

"저기 있네."

아빠가 대답했습니다. 그리고 의자에 기대어 서 있는 커다란 마리오네트를 가리켰습니다. 그 마리오네트는 고개를 한쪽으로 돌리고 팔은 축 늘어진 채 다리를 꼬고 있었습니다.

피노키오는 오랫동안 그 마리오네트를 바라보다가 매우 만족스러운 마음으로 이렇게 말했습니다.

"내가 마리오네트였을 때는 얼마나 우스꽝스러웠는지! 그런데 이제 진짜 소년이 되어서 얼마나 행복한지 몰라!"

작가 연보

1826년　11월 24일 이탈리아 피렌체에서 10남매 중 장남으로 태어났다. 본명은 카를로 로렌치니(Carlo Lorenzini).
1848년　이탈리아 통일 전쟁에 자원하여 참전
　　　　정치풍자 신문 람피오네(Il Lampione) 발간
1856년　어린이 교육으로 눈을 돌림
1857년　일간지에서 처음으로 콜로디라는 필명을 사용
1861년　이탈리아 왕국이 건국되자, 언론 활동과 군국주의 활동을 중단하고 아동 문학을 쓰기 시작함
1876년　프랑스의 옛이야기를 이탈리아어로 옮겨 찬사를 받은 뒤, 직접 동화를 쓰기 시작
1881년　이탈리아 최초의 어린이 잡지인 《어린이 신문》에 「피노키오의 모험, 꼭두각시 이야기」를 연재, 『눈과 코』 발간
1883년　『피노키오의 모험』 출간
1890년　10월 26일 피렌체에서 사망
1940년　월트 디즈니의 애니메이션 영화로 각색됨

피노키오의 모험

초판 1쇄 인쇄 2025년 10월 24일
초판 1쇄 발행 2025년 10월 31일

지은이 카를로 콜로디
그린이 찰스 코플랜드
옮긴이 박영민
펴낸이 이효원
편집인 김성규
디자인 기린
펴낸곳 올리버
출판등록 제395-2022-000125호
주소 경기도 고양시 덕양구 삼송로 222, 101동 305호(삼송동, 현대헤리엇)
전화 070-8279-7311   **팩스** 02-6008-0834
전자우편 tcbook@naver.com

ISBN 979-11-94381-63-1 04080
      979-11-89550-89-9 (세트)

이 책은 저작권법에 따라 보호받는 저작물이므로 무단전재와 무단 복제를 금지하며,
이 책의 전부 또는 일부를 이용하려면 반드시 도서출판 올리버의 동의를 받아야 합니다.

* 값은 뒤표지에 있습니다.
* 잘못된 책은 구입하신 서점에서 바꾸어 드립니다.

* 도서출판 올리버는 탐나는책의 교양서 브랜드입니다.

올리버 세계교양전집 목록

01 **사람을 얻는 지혜** 발타자르 그라시안 지음 | 황선영 옮김

02 **자유론** 존 스튜어트 밀 지음 | 이현숙 옮김
서울대, 연세대, 고려대 선정 필독 교양서

03 **명상록** 마르쿠스 아우렐리우스 지음 | 김수진 옮김
하버드대, 옥스퍼드대, 시카고대 선정 필독 교양서

04 **군주론** 니콜로 마키아벨리 지음 | 민지현 옮김
하버드대, 옥스퍼드대, 서울대 선정 필독 교양서

05 **부는 어디에서 오는가** 월러스 워틀스 지음 | 김주리 옮김

06 **오 헨리 단편선** 오 헨리 지음 | 신예용 옮김

07 **좁은 문** 앙드레 지드 지음 | 김진형 옮김
노벨문학상을 수상한 20세기 프랑스 문학의 거장 앙드레 지드의 대표작, 국립중앙도서관 선정 고전 100선

08 **첫사랑·짝사랑** 이반 투르게네프 지음 | 윤영 옮김

09 **인간 실격** 다자이 오사무 지음 | 임지인 옮김

10 **사양** 다자이 오사무 지음 | 이재현 옮김

11 **이방인** 알베르 카뮈 지음 | 구영옥 옮김
1957년 노벨 문학상 수상 작가, 미국대학위원회 선정 SAT 추천도서

12 **동물 농장** 조지 오웰 지음 | 윤영 옮김
《타임》선정 '20세기 100대 영문 소설', 미국대학위원회 선정 SAT 추천도서

13 **도련님** 나쓰메 소세키 지음 | 임지인 옮김
서울대 선정 필독 교양서

14 **자기 신뢰·운명·개혁하는 인간** 랄프 왈도 에머슨 지음 | 공민희 옮김

15 **노인과 바다** 어니스트 헤밍웨이 지음 | 서나연 옮김
노벨 문학상 수상 작가, 1953년 퓰리처상 수상작

16 **소크라테스의 변명·크리톤·파이돈·향연** 플라톤 지음 | 최유경 옮김

17 **데미안** 헤르만 헤세 지음 | 이민정 옮김
노벨 문학상 수상 작가, 괴테상 수상 작가, 서울대 선정 필독서

18 **1984** 조지 오웰 지음 | 주정자 옮김
하버드대생이 가장 많이 읽는 책 20, 서울대 지원자들이 가장 많이 읽은 책 20

19 **톨스토이 단편선** 레프 니콜라예비치 톨스토이 지음 | 민지현 옮김

20 **군중심리** 귀스타브 르 봉 지음 | 최유경 옮김
《르몽드》선정, 세상을 바꾼 20권의 책

21 **유토피아** 토머스 모어 지음 | 김용준 옮김

22 **프랑켄슈타인** 메리 셸리 지음 | 윤영 옮김
미국대학위원회 선정 SAT 추천도서,《뉴스위크》선정 세계 최고의 책 100선

23 **예언자** 칼릴 지브란 지음 | 김용준 옮김

24 **벤자민 버튼의 시간은 거꾸로 간다** F. 스콧 피츠제럴드 지음 | 이민정 옮김

25 **변신·시골 의사** 프란츠 카프카 지음 | 윤영 옮김
서울대 권장도서 100선, 미국대학위원회 선정 SAT 추천도서

26 **지킬 박사와 하이드 씨** 로버트 루이스 스티븐슨 지음 | 조진경 옮김
   하버드대 신입생 권장도서, 《가디언》 선정 '모든 사람이 꼭 읽어야 할 책'

27 **싯다르타** 헤르만 헤세 지음 | 최유경 옮김
   노벨 문학상 수상 작가, 괴테상 수상 작가, 서울대, 연세대, 고려대 선정 추천도서

28 **젊은 베르테르의 슬픔** 요한 볼프강 폰 괴테 지음 | 민지현 옮김

29 **수레바퀴 아래서** 헤르만 헤세 지음 | 정다은 옮김
   노벨 문학상 수상 작가, 괴테상 수상 작가, 국립중앙도서관 선정 청소년 권장도서

30 **햄릿** 윌리엄 셰익스피어 지음 | 홍수연 옮김

31 **위대한 개츠비** F. 스콧 피츠제럴드 지음 | 정윤희 옮김
   《타임》 선정 '20세기 100대 영문 소설', 미국대학위원회 선정 SAT 추천도서

32 **페스트** 알베르 카뮈 지음 | 구영옥 옮김
   1957년 노벨 문학상 수상 작가, 국립중앙도서관 선정 청소년 권장도서

33 **시지프 신화** 알베르 카뮈 지음 | 신예용 옮김
   1957년 노벨 문학상 수상 작가

34 **이반 일리치의 죽음** 레프 니콜라예비치 톨스토이 지음 | 정지현 옮김
   노벨 연구소 선정 최고의 작품, 시카고 대학 그레이트 북스

35 **어린 왕자** 앙투안 드 생텍쥐페리 지음 | 이민정 옮김

36 **로미오와 줄리엣** 윌리엄 셰익스피어 지음 | 정지현 옮김
   서울대 권장도서 100선, 미국대학위원회 선정 SAT 추천도서

37 **맥베스** 윌리엄 셰익스피어 지음 | 이현숙 옮김
   서울대 권장도서 100선, 미국대학위원회 선정 SAT 추천도서

38 **체호프 단편선** 안톤 파블로비치 체호프 지음 | 홍수연 옮김
   노벨연구소 선정 세계문학 100선, 1888년 푸시킨상 수상 작가

39 **오만과 편견** 제인 오스틴 지음 | 최유경 옮김
   미국대학위원회 선정 SAT 추천도서, 《뉴스위크》 선정 세계 최고의 책 100선

40 **여름** 이디스 워튼 지음 | 주정자 옮김
   최초의 여성 퓰리처상 수상 작가, 미국 문단에서 여성의 성장을 다룬 최초의 본격 문학

41 **걸리버 여행기** 조나단 스위프트 지음 | 아서 래컴 그림 | 강경숙 옮김
   디스커버리 선정 '죽기 전에 읽어야 할 책 100권'

42 **오즈의 마법사** 라이먼 프랭크 바움 지음 | 윌리엄 월리스 덴슬로 그림 | 김진형 옮김

43 **키다리 아저씨** 진 웹스터 글·그림 | 박영민 옮김

44 **이솝 우화집** 이솝 지음 | 리처드 하이웨이 그림 | 서나연 옮김

45 **이상한 나라의 앨리스** 루이스 캐럴 지음 | 존 테니얼 그림 | 강경숙 옮김
   더 가디언 선정 '100대 최고의 소설', BBC 선정 영국에서 가장 사랑받는 소설

46 **결혼·여름** 알베르 카뮈 지음 | 구영옥 옮김
   1957년 노벨 문학상 수상 작가

47 **나는 고양이로소이다** 나쓰메 소세키 지음 | 임희선 옮김
   서울대 권장도서 선정 작가

48 **피노키오의 모험** 카를로 콜로디 지음 | 찰스 코플랜드 그림 | 박영민 옮김